Hoy aún estamos vivos

EMMANUELLE PIROTTE

HOY AÚN ESTAMOS VIVOS

Traducción de
Joan Riambau

Grijalbo narrativa

MIXTO
Papel procedente de
fuentes responsables
FSC® C117695

Título original: *Today we live*

Primera edición: mayo de 2017

© 2015, le cherche midi
© 2017, Penguin Random House Grupo Editorial, S. A. U.
Travessera de Gràcia, 47-49. 08021 Barcelona
© 2017, Joan Riambau Moller, por la traducción

Printed in Spain – Impreso en España

ISBN: 978-84-253-5523-3
Depósito legal: B-4.991-2017

Compuesto en Revertext, S. L.

Impreso en Black Print CPI Ibérica
Sant Andreu de la Barca (Barcelona)

GR 5 5 2 3 3

Penguin
Random House
Grupo Editorial

1

La rebanada de pan untada se quedó suspendida junto a los labios del padre y todos permanecieron inmóviles frente a su café humeante. Un chillido de mujer en la calle. Llantos, gritos, el relincho de un caballo. El padre fue a abrir la ventana. La pequeña cocina se quedó helada de inmediato. Llamó a un hombre del exterior e intercambiaron unas palabras, ensordecidas por la algarabía de la calle. La madre y los dos hijos, Marcel y Henri, contemplaban a Renée en silencio, pero la niña aún le dio dos rápidos bocados al pan con mantequilla, ya que, a pesar de todo, tenía hambre. El padre cerró la ventana. Parecía haber envejecido diez años.

—Ya vuelven —dijo con una voz imperceptible.

La madre se santiguó.

—Tenemos que hacer algo con Renée —prosiguió el padre.

—¡No! —exclamó la madre entre sollozos.

No se atrevía a mirar a la niña. Henri también había apartado la vista. Marcel, por el contrario, no dejaba de observar a Renée. El padre permanecía allí, de pie, con el cuerpo crispado y sus rasgos afeados por el miedo. Miraba fijamente a su esposa.

—¿Sabes por qué fusilaron a Baptiste? Por tener banderas inglesas en el sótano. Así que por una judía…

La madre le indicó que callara. Una judía. ¿Acaso podía pronunciarse esa palabra? Nunca había comprendido exactamente en qué consistía ser judío. Era peligroso, y punto. Pronto haría cinco meses desde que Renée llegó a su casa. Debía de tener seis o siete años, no lo sabían con certeza. Era un poco arisca, y orgullosa, con unos ojos negros como los de los gitanos. Unos ojos que te seguían siempre de cerca y te devoraban; con una mirada inteligente, por descontado. Ávidos, siempre al acecho, interesados por todo y que parecían comprenderlo todo… Renée les asustaba un poco. Salvo a Marcel, que salía al campo con ella días enteros. En septiembre celebraron la Liberación y nadie fue a buscarla. Y ahora empezaba de nuevo la pesadilla. No era posible, por Dios… Y, además, en pleno invierno. El padre no sabía qué hacer.

—Los alemanes estarán aquí en media hora. Los Pierson están al corriente y les faltará tiempo para irse de la lengua.

La madre sabía que llevaba razón. En misa, las miradas de odio de Catherine Pierson eran muy elocuentes.

—Bueno… Ven, Renée —gruñó el padre.

La pequeña se puso en pie y se situó obedientemente junto al hombre. La madre notaba cómo le latía el corazón en el pecho. ¿Por qué de repente la perspectiva de tener que separarse de Renée la sobresaltaba hasta ese extremo? En realidad, nunca había tenido la sensación de querer a la criatura. Observó a la niña ponerse el abrigo, con sus manitas aún rechonchas esforzándose por abrochar los botones. El padre la cubrió bruscamente con una boina con borla. La niña estaba tranquila, muy tranquila y, sin embargo, tensa como un arco, dispuesta a actuar, a reaccionar, a hacer exactamente lo que fuera necesario, como siempre. Eso era algo que exasperaba a la madre… pero no en ese momento. Se puso en pie de repente y desapareció por el pasillo. Se la oyó subir la escalera a la carrera, resoplando.

—Vosotros dos, venid a darle un beso a la pequeña —dijo el padre.

Los muchachos se levantaron de la mesa y se acercaron a ella. Henri, el mayor, apenas rozó la mejilla de la chiquilla. Marcel, que rondaba los once años, la mantuvo un buen rato abrazada contra él. Renée lo apartó finalmente con suavidad. El niño lloraba. Ella le miró, le dio un beso en la mejilla y se volvió para deslizar la mano en la del padre. La madre entró en la cocina con una pequeña maleta en una mano y en la otra un muñeco de trapo muy ajado que le tendió a Renée. Le dio un beso a la niña en la frente. El padre empuñó la maleta, abrió la puerta y condujo a Renée al frío, los gritos, el pánico y el peligro. La puerta se cerró con un chasquido seco. La madre permaneció un buen rato con la mirada extraviada y las manos ligeramente alzadas y abiertas en un gesto suspendido como el de los mendigos. Se volvió hacia sus hijos y murmuró:

—No se ha llevado los guantes.

El padre corría como alma que lleva el diablo y Renée parecía volar a su lado, con la mano estrujada por un puño de acero y las mejillas azotadas por un beso glacial. Alrededor de ellos, sobre la nieve, reinaba el caos. Los ojos de la chiquilla se cruzaron un instante con los de una vieja que se lamentaba en una carreta, entre colchones y barreños, con un bebé llorando en brazos. Más lejos, un hombre y una mujer tironeaban de un cubrecama acolchado y se insultaban. Una madre gritaba un nombre llorando y dirigía miradas asustadas en derredor; el resto de la familia aguardaba en un carro lista para abandonar el pueblo. A Renée le impresionaron los pares de piernas balanceándose con tristeza en el vacío, extrañamente tranquilas en medio de la agitación reinante. La mayoría de la gente se marchaba a pie, cargando con sus pertenencias, sus hijos y sus mayores a la espalda o en cochecitos.

El padre y Renée llegaron a la plaza y subieron las escaleras de la rectoría. El padre accionó la campanilla. La puerta se abrió casi de inmediato y apareció la alta silueta del cura. Los hizo entrar al salón. En la chimenea ardía un buen fuego que proyectaba sombras movedizas sobre la boiserie que recubría completamente las paredes. Olía a cera. El padre expuso su petición.

—Aquí no estará más segura —dijo el cura.

—Claro que sí —murmuró el padre.

¡En ese momento en cualquier lugar estaría más segura que en su casa! Al aceptar acoger a Renée cinco meses atrás, el padre sabía a lo que se arriesgaban él y su familia. Sin embargo, en aquel momento parecía que la guerra ya llegaba a su fin; hacía meses que no habían visto a los alemanes por la región. Hoy, esos cerdos estaban casi a la puerta de su casa. ¿Quién sabía qué les pasaba por la cabeza? ¿Quién podía asegurar que no serían aún más violentos y crueles que antes, enloquecidos por haber estado a punto de ser derrotados? Tal vez incluso serían más numerosos; unas hordas de verdigrises resurgidos de sus cenizas, como renacidos escupidos por el infierno. Veía a sus dos hijos cubiertos de sangre, con el cuerpo acribillado de balas, como el del hijo del farmacéutico al que encontraron detrás del centro parroquial. El rostro atormentado del padre se retorcía entre muecas. Se agitaba sin soltar la mano de Renée.

—De acuerdo, Jacques —dijo el cura.

El padre a punto estuvo de postrarse a sus pies, pero se limitó a dirigirle una sonrisa de demente. El cura se apiadó sinceramente de él, de aquel hombre más bueno que el pan de repente transformado en un cobarde. Se aproximó al padre y apoyó una manaza sobre su hombro. Este le correspondió con un «gracias» ronco, y soltó la maleta y la mano de Renée. Se agachó y tomó a la pequeña por los hombros. La miró y se sintió miserable. La niña no expresaba nada que él pudiera comprender; ni reproches, ni cólera, ni tristeza; tampoco miedo, ni resignación, sino algo fuerte y carente de todo sentimiento claramente identificable. Azorado, abatido por la vergüenza y a la vez tocado por esa especie de gracia que emanaba de ella, el padre la besó en la frente y huyó despavorido.

—¿Te gustan las torrijas? —preguntó el cura.

—Muchísimo —respondió Renée.

Había pronunciado «muchízimo». El cura la observó. La chiquilla estaba radiante por el placer anticipado de saborear la deliciosa rebanada de pan mojada en una mezcla de leche, azúcar y huevos y frita en mantequilla. Condujo a Renée a la cocina y comenzó la preparación. Ella pidió cascar los huevos. La niña estaba tranquila, atenta, como si estuviera de visita en un día agradable en tiempos de paz. El cura empezó a batir la mezcla, pero enseguida se detuvo y aguzó el oído. Un ruido de motor. Soltó el batidor y se dirigió a la ventana del salón. Un Kübelwagen entró en tromba en la plaza. Alrededor de él se desplegaban los soldados, arma en mano. Un oficial salió del jeep. El cura tuvo tiempo de identificar el doble rayo dorado en el quepis. El signo maldito. Los soldados obligaron a salir a los ocupantes de una casa y los alinearon frente a la fachada, con las manos en la cabeza. El agente de las SS caminaba lentamente frente a los aterrados civiles. El cura se volvió; Renée estaba detrás de él. No había perdido detalle de la escena. El cura tomó la maleta en medio del salón. Renée sintió de nuevo una mano de hombre asir la suya. Salieron de la casa por la puerta de la cocina. Las torrijas eran lo de menos.

Los zapatones del cura dejaban unas huellas anchas y profundas en la nieve que cubría el sendero del huerto. Salieron del jardín y se adentraron en el campo. El cura corría tanto como podía. A Renée le costaba seguirle; sus piernecillas se hundían muy profundamente en la nieve. Se cayó. El cura la ayudó a levantarse y siguieron corriendo. No se veía dónde acababa el camino y dónde empezaban los campos contiguos. Todo era blanco. El cielo cargado de nieve, cubierto desde hacía días, se disolvía en el paisaje. Renée ya no podía más; jadeaba, incapaz de recuperar el aliento. El cura la tomó en brazos. Algo se movió a lo lejos. Un vehículo. El cura saltó a una zanja y abrazó con fuerza a Renée. Aguardaron allí, conteniendo la respiración. El sonido del motor se aproximó. El cura salió de la zanja. Se santiguó y sonrió a Renée. Era un jeep norteamericano; la niña estaba a salvo. Se situó en el camino e hizo señales. El vehículo llegó a toda velocidad, frenó y a punto estuvo de atropellar al cura en la derrapada. En el coche viajaban dos soldados.

—*You take girl!* —gritó el cura.

Los soldados se miraron, perplejos.

—*Are you crazy?* —replicó el conductor.

—¡*She* judía! ¡SS pueblo! *She kaput.*

Mientras hablaba, el cura alzó a Renée y la colocó en el asiento trasero del jeep. El soldado que ocupaba el asiento del pasajero echó un vistazo por encima del hombro y se cruzó con la mirada de la niña. El jeep arrancó a toda pastilla. La maleta de Renée se quedó en el camino.

Renée daba tumbos en el asiento trasero del vehículo. Sacó el muñeco de trapo de su bolsillo. El conductor habló con su vecino:

—*Und jetzt, was machen wir?*

Alemán. Sin duda. Reconocía perfectamente la lengua de aquellos con los que nunca debía cruzarse. Solo la había oído dos veces, pero no podría confundir esa lengua con ninguna otra. Escocía como un manojo de ortigas, tenía el color y la textura de un bloque de hielo y, sin embargo… Sin embargo, había una claridad y una luz ocultas detrás de las palabras, algo cálido y familiar a los oídos de Renée, algo confuso que no alcanzaba a explicarse.

De repente tuvo mucho frío. Se agarró al asiento delantero y le castañetearon los dientes. Los soldados disfrazados intercambiaron unas palabras. El jeep había tomado una pista forestal. Renée estaba nerviosa. Por fortuna, los soldados no podían percatarse de ello; aún no. Tenía que calmarse. Necesariamente. De inmediato. Los frenos chirriaron. El jeep se detuvo con un frenazo. El conductor salió del vehículo, alzó a Renée sin miramientos y la dejó en el sendero que se adentraba en el bosque. Desenfundó su pistola y utilizó la culata para obligar a Renée a avanzar delante de él. El otro soldado cerraba la marcha.

Solo se oía el crujido de sus pasos sobre la nieve helada. Las copas de los altos pinos barrían lentamente el cielo, mecidas por la brisa. Renée seguía caminando, muy erguida. Tenía mucha sed. Sentía el voluminoso cuerpo del alemán detrás de su espalda, la presencia de la pistola que sin duda la apuntaba. ¿Iba realmente a morir en ese bosque, después de haber escapado tantas veces? ¿Qué era, en verdad, morir? Conocía el carácter definitivo de la muerte, sabía cuáles eran los síntomas y, sobre todo, tenía el don de sentir cómo se aproximaba y de lograr escabullirse... Esta vez no había salido bien. Se dijo que había acabado perdiendo la partida en ese juego que debió de empezar mucho tiempo atrás, quizá cuando era solo un bebé. No le importaban los dos tipos a su espalda. Tenía mucha sed. Se detuvo en seco y se agachó. El soldado amartilló la pistola. Renée prosiguió, empero, su gesto: tomó un puñado de nieve y se lo llevó ávidamente a los labios. Mordió la materia granizada que se derretía al descender por su garganta. Estaba buena. Siguió andando.

El alemán que iba el último se quedó atónito ante el gesto de la niña. Ya hacía mucho tiempo que ni siquiera veía a los condenados. Ya fueran adultos, niños o ancianos, daba igual. Eran siluetas sin rostro destinadas a desaparecer. Pero a esa chiquilla la había visto de verdad: había comido nieve. Iba a morir. La criatura lo sabía. Y, sin embargo, comía nieve para saciar su sed. Había observado el gesto seguro, rápido, desprovisto del menor titubeo, casi desenvuelto; un gesto fluido, dúctil, animal. Algo se removió dentro de él. En algún lugar entre el pecho y el abdomen. Era como un ínfimo estremecimiento, un impulso a la vez suave y brutal. Algo familiar. Como cuando se encontraba allá, en los bosques, en aquella otra vida.

El soldado que apuntaba a Renée gritó y despertó a una corneja que profirió un espantoso graznido.

—¡Alto!

Renée se detuvo y soltó el muñeco de trapo que sostenía aún en la mano izquierda. Su corazón latía desbocado. ¿Por qué gritaba así, ese? El soldado amartilló de nuevo la pistola, apuntando a la cabeza de la niña. Renée veía su propio aliento inmovilizándose en el aire glacial. Pensó en su muñeco que yacía sobre la nieve, a sus pies, y tuvo ganas de llorar. ¡Pobre Ploc! Pronto sería huérfano y se quedaría solo en el frío.

El alemán no lograba apretar el gatillo. Se había apartado y había salido del camino, a tres o cuatro metros de la niña, apuntando a su sien. El otro soldado, que se había quedado más lejos, podía ver cómo le temblaba el brazo.

—Déjame a mí —dijo, irritado.

Desenfundó su pistola y apuntó a la chiquilla. Esta ya no era nada, solo una silueta sin rostro destinada a desaparecer. Amartilló la pistola.

Renée se preguntó qué aspecto tenía el soldado que iba a matarla; el otro, el que se había quedado atrás, aquel cuyos ojos había entrevisto en el jeep, el de la voz muy grave. Quería verlo. Quería que él la viera. Empezó a volverse sobre sí misma, lentamente, y su mirada se cruzó con la de él. Sus ojos eran claros y fríos. Y, de repente, centellearon con un brillo extraño y las pupilas se dilataron. El alemán disparó. Renée se sobresaltó. Cerró los ojos un segundo y, al abrirlos de nuevo, el otro soldado yacía sobre la nieve, con una expresión aterrorizada. A Renée le llevó un tiempo comprender que no estaba herida. Miró al hombre abatido y luego de nuevo al otro, que parecía tan sorprendido como ella. Mantenía aún el brazo extendido empuñando el arma, y seguía pegado a Renée, salpicada de sangre del hombre en el suelo.

La detonación aún resonaba en el aire helado. El alemán parecía incapaz de rehuir la mirada de la niña. Finalmente apartó la vista, enfundó la pistola, se volvió y tomó el sendero en sentido contrario. Renée recogió a Ploc y corrió a reunirse con el soldado. Llegaron al coche. El soldado entró y puso en marcha el motor. Renée apenas tuvo tiempo de saltar al asiento del pasajero. El jeep arrancó envuelto en una nube de nieve.

¿Qué hacer ahora? ¿A dónde ir? Con esa chiquilla que se había vuelto para mirarle. ¿A quién se le ocurre volverse ante aquel que se dispone a matarte? Era un gesto de dureza, como solo se ve en las películas. Nadie hacía eso en la vida real, y menos aún una judía. Y antes de eso, ¡se había puesto a comer nieve! La observó. La chiquilla miraba al frente, con el mentón alto y los ojos entornados debido al viento frío. Las salpicaduras de sangre en el rostro se le habían secado y su cabello negro y rizado volaba en todas direcciones. Parecía una jovencísima gorgona. Maldita chiquilla. Y el otro allí, en el bosque, aún debía de tener los ojos abiertos y cara de susto. ¿Franz? No, Hans. Un gilipollas que aún creía en la victoria, en el Reich milenario, en la nueva edad de oro y en todas esas bobadas. Había matado a Hans en lugar de a la chiquilla. Era incapaz de saber por qué. Su brazo se había desviado ligeramente justo antes de disparar, y Hans había recibido una bala entre los ojos.

Habían salido del campamento base dos días atrás, la mañana del 16 de diciembre. Primero hicieron volar por los aires un puente con algunos norteamericanos encima. Los yanquis no estaban previstos, pero ya que se dirigían allí... Se vio obligado a matar a los vivos y a rematar a los heridos con arma blanca para ahorrar munición, bajo la horrorizada mirada de Hans. Luego, invirtieron rótulos de carretera y se cruzaron con aliados a los que habían enviado a un pueblucho perdido en lugar de a otro pueblo de mala muerte. Era él quien hablaba con los yanquis porque Hans tenía un marcado acento bávaro hablando en inglés y además no tenía la menor idea de quién era Lester Young. Los norteamericanos desconfiaban y les hacían preguntas, porque habían oído hablar de la presencia de infiltrados. Esa acción de sabotaje imaginada por Hitler tenía el pomposo nombre de Operación Greif, y Otto Skorzeny se hallaba al mando. Hitler esperaba tomar los puentes del Mosa y llegar a Amberes para hacerse con el mayor arsenal aliado. Era una operación suicida, por descontado, y solo algunos zopencos como Hans creían lo contrario.

El soldado se sintió súbitamente agotado; tomó un sendero al azar y se adentró en el bosque. Se dijo que iría tan lejos como le permitiera el vehículo. Solo deseaba una cosa: dormir. Luego decidiría qué hacer. El sendero acababa cerca de un riachuelo. El hombre y la niña descendieron del coche y siguieron el arroyo helado. El soldado caminaba deprisa. La pequeña trotaba a su lado, evitando las acumulaciones de nieve duras y resbaladizas después de días de frío intenso. La chiquilla era vivaracha y robusta. Le miraba de vez en cuando y eso le incomodaba. Detrás de una gran haya apareció una cabaña de madera. Parecía estar vacía. El alemán se aproximó sin hacer ruido. Se desplazaba con extraordinario sigilo. Desenfundó su arma y aguardó un segundo junto a la puerta aguzando el oído. René permanecía muy cerca de él, tan silenciosa como le era posible. De repente, el soldado abrió la puerta de una patada y franqueó el umbral, barriendo el interior con su brazo armado. No había nadie. Le indicó a Renée que entrara.

La choza se componía solo de una habitación provista de una gran chimenea excavada en la única pared de piedra. Algunos utensilios de cocina y un viejo colchón en el suelo atestiguaban una presencia humana. El alemán encendió un fuego con leña que recogió de alrededor de la casa. Renée le ayudó como pudo, a pesar de sus manos paralizadas por el frío. Luego el soldado se tumbó sobre el colchón y se durmió de inmediato, con la pistola en la mano.

Renée se sentó en el suelo, contra una pared. Le contemplaba dormir. No se marcharía. No se movería de allí. Le velaría. Estaría atenta a los ruidos del exterior y le advertiría en caso de peligro. A lo lejos se oían disparos. Sopló entre sus manos para calentárselas. El alemán respiraba cada vez más fuerte y su mano soltó la culata de la pistola. Alzó las rodillas hacia el pecho. Sus rasgos se relajaron. Parecía profundamente dormido. Renée aún tenía mucha sed. Esta vez, sin embargo, no iba a intentar nada. Aguardaría. A que él despertara y encontrara agua.

No se preguntaba por qué el alemán no la había matado. En cuanto se dio la vuelta, supo que no iba a dispararle. Y el otro, el que tenía miedo, se desplomó. Ese debía morir, no ella. Así debían ser las cosas. Inspeccionó la habitación con la mirada, las paredes de madera cubiertas de telarañas, las pequeñas ventanas muy sucias, las llamas que palpitaban en la chimenea.

El alemán había cambiado ligeramente de posición, desplazando el hombro derecho y descubriendo así el cuello, en el que latía una vena. Tenía una mano sobre el pecho, que ascendía y descendía al ritmo de su respiración. Estaba tendido allí, vulnerable y, sin embargo, dispuesto a saltar como un resorte al menor ruido, listo para defenderla, estaba segura de ello, para matar de nuevo. A manchar de sangre la nieve.

2

Sacó del bolsillo de su chaqueta una cantimplora metálica, la abrió y bebió un trago largo antes de pasársela a la
chiquilla. Esta vació la cantimplora, casi con delirio. Luego, él sacó un paquete de galletas de campaña, tomó una
y le tendió el paquete a Renée. La niña cogió dos galletas,
una con cada mano.

—Despacio —le dijo él.

Su voz era muy particular, grave y profunda, y parecía
vibrar como un trueno lejano; era a la vez cálida y ame-
nazadora.

—¿También hablas francés? —preguntó la niña.

No respondió, mirándola con un destello de ironía.
Debía de haber dormido un buen rato; ya era de noche.
Los disparos en la lejanía habían cesado. Se había dicho
que quizá la chiquilla se habría marchado o, por lo menos, eso esperaba. Al despertar, ella le miraba con sus
ojos negros como la tinta, sosteniendo su viejo muñeco

asqueroso de cara deformada y aspecto de retrasado. Hubiera podido herirle a sus anchas mientras dormía, arreándole un golpe con un tronco o, peor aún, con el atizador. No cabía la menor duda de que contaba con el valor suficiente para hacerlo. Eso hubiera tenido la virtud de simplificarles la vida, a los dos. En lugar de ello, la chiquilla había permanecido durante mucho tiempo en la misma posición que le había visto antes de dormirse, con las piernas cruzadas y el muñeco sentado sobre su muslo izquierdo. No recordaba haber dormido tan a gusto desde hacía años, desde el inicio de la guerra, para ser exactos. Y, sin embargo, no veía las cosas más claras que al llegar a la cabaña unas horas atrás. ¿Qué haría con ella? ¿Qué haría él mismo? Le ofreció otra galleta a la niña.

—¿Cómo te llamas? —preguntó ella.

¡Dios, cómo le fastidiaban sus preguntas! No tenía ningunas ganas de oír a la chiquilla llamarle por su nombre: Mathias. «Tengo hambre, Mathias», «Mathias, tengo frío», «Mathias, tengo que hacer pipí» y todas esas quejas típicas de las criaturas. Se dio cuenta entonces de que la niña aún no le había pedido absolutamente nada. No se había quejado desde aquel momento en el bosque cuando… se cargó a Hans. Podía ser decapitado por ello pero, sobre todo, por haberle salvado la vida a una judía. Era difícil decir cuál de los dos crímenes era más grave.

La persecución de los judíos ya no era una prioridad en la ofensiva de las Ardenas y tampoco formaba parte de su misión en el marco de la operación Greif. Sin embargo, la aniquilación de los judíos seguía siendo una obsesión del Führer. Los transportes al este habían cesado, así que ya no cabía contentarse atrapándolos y enviándolos a hacer un viaje en tren a Auschwitz. Uno tenía que ocuparse personalmente del trabajo sucio, como al principio, hasta que se inventó la cámara de gas. Y a Mathias nunca le había gustado ese tipo de trabajo. Sí le gustaba matar, pero no a pobre gente desarmada, débil y desesperada. Aquello no tenía realmente interés alguno.

Mathias nunca había tenido mucho que ver con la «solución final de la cuestión judía», como se decía en las altas esferas. Alistado en 1939 en los legendarios comandos Brandeburgo, la flor y nata de los servicios secretos alemanes, fue reclutado en 1943 por Skorzeny. Otto Skorzeny, apodado Caracortada debido a una herida en la mejilla que recibió en un duelo a espada. Mathias se unió a su comando de las SS recién creado: el comando Friedenthal, la élite de los superhéroes del nazismo. Unos espías guerreros políglotas, salidos directamente de los sueños de un malvado crío de doce años que hubiera leído demasiados cómics norteamericanos. Mathias se había divertido mucho con el secuestro del «príncipe» de Hungría y la liberación de Mussolini en planeador. Y mientras jugaba a espías e infiltrados, no había tenido ocasión de preocuparse por lo que sucedía en los campos de exterminio.

Sabía indirectamente, sin embargo, que todas sus acciones en el seno de los gloriosos comandos de élite reducían a cenizas a algunos judíos, gitanos y maricas. Su guerra no era más limpia que la del soldado que empujaba a una anciana judía húngara y a su hijo andrajoso por la rampa de acceso a la cámara de gas. Mathias era un engranaje más en esa máquina de destrucción. Era uno de los miembros del ogro hambriento, pero eso no le impedía conciliar el sueño. Había tomado lo mejor que el sistema le ofrecía, sabiendo exactamente en qué cenagal se metía. Y nadie le había obligado a ello, había dado el paso él solo.

Desde hacía unos meses, la gran fiesta macabra se había vuelto patética. Habían perdido la guerra y fingían lo contrario. La Operación Greif era ridícula, con unos pobres tipos apenas salidos del vientre de su madre, farfullando el inglés como una campesina suaba y tan convincentes en su papel de hijos del Tío Sam como Goebbels en el de bailarín de claqué. Incluso los uniformes eran lamentables: con invenciones e inexactitudes, como disfraces para una fiesta en un colegio de pobres. De todas formas, Mathias había aceptado, así como tres o cuatro de entre los mejores de la banda de Caracortada. Siempre era mejor jugar al yanqui perdido en el bosque que hacer

saltar por los aires a los pasajeros de un tranvía en Co-
penhague, como estaba haciendo en ese mismo momento
Otto Schwerdt, fiel a Skorzeny y desde el inicio un faná-
tico que no compartía los gustos de Mathias respecto a
las acciones sonadas. En realidad, ya no podían ser muy
sonadas. ¡Y todo eso para acabar en una cabaña en medio del bosque con una niña judía! Hubiera podido pre-
ver muchas cosas al llegar a Alemania en 1939, pero a
buen seguro esa no era una de ellas. La niña hablaba en
voz baja a su muñeco, poniéndole migajas de galleta contra el botón que le servía de boca.

—¿Tienes más hambre? Pues se han acabado, ya no
hay más...

Esa era su manera de sermonearle, de decirle que aún
tenía hambre mediante su juego con el muñeco de trapo.
Mathias se sintió cansado, se levantó y salió. Renée se
puso tensa cuando abrió la puerta. Quería seguirle, no
separarse de él ni un milímetro, pero sentía que el alemán
deseaba estar solo. Se puso en pie y le contempló alejarse
a través de la ventana. Limpió el cristal para poder distinguirlo con mayor nitidez: se encendió un cigarrillo. El
resplandor del encendedor iluminó por un instante su
rostro. Su corpulenta silueta destacaba claramente bajo
la luz de la luna. Tenía unos andares ágiles, ligeros. Parecía formar parte de ese bosque que los rodeaba, que había sido testigo de su alianza, de su pacto. Allí se encontraba como en su casa. Renée frotó más el cristal; él

seguía allí, apoyado contra un árbol, y su cuerpo estaba bañado por un halo de luz difusa, irreal.

Al día siguiente, Mathias se llevó a Renée a poner lazos. Le molestaba tener que cargar con la cría, pero no podía dejarla sola en la cabaña. Se adentraron en el bosque en busca de rastros de animales. Mathias no contaba atrapar mucho más que una vieja liebre ciega y medio sorda porque hacía años que no había cazado y debía de haber perdido la habilidad. A pesar de la presencia de la niña, se sentía extrañamente bien; en realidad, la chiquilla prestaba mucha atención a no hacer ruido alguno al caminar, no decía palabra y le observaba disponer las trampas con una gran concentración, como si intentara memorizar cada detalle. Dispuso una trampa fabricada con uno de sus lazos y un·palo, y luego permanecieron ocultos un buen rato detrás de los helechos. En derredor se oía el murmullo del mundo salvaje. Los disparos habían cesado, como por milagro. La niña era paciente. Parecía disfrutar de esa espera, a pesar de la incomodidad y del frío que le devoraba las manos. Por fin, apareció una liebre. La observaron dar vueltas alrededor de la trampa y luego caer en ella. La niña no pestañeó cuando el animal se debatió, lentamente estrangulado por el lazo y por su propia voluntad de vivir.

Mathias abrevió el sufrimiento de la liebre con un

corte de su cuchillo, grande y de forma extraña, y acto seguido la descuartizó allí mismo. Renée observaba cómo la manaza desvestía a la liebre de su piel dejando aparecer la carne desnuda, rosa y muy brillante. El alemán parecía haberse dedicado a eso toda su vida, en lugar de a matar a gente. Sin duda había hecho muchas veces las dos cosas, matar a animales y a personas. Una vez despellejada, le tendió la piel. Renée introdujo en ella sus manos heladas, contra el reverso de la piel, aún caliente y sanguinolenta.

De repente, Mathias recordó a la niña a la que Hans encañonó, aquella niña a la que eso pareció no importarle y se agachó para tomar un puñado de nieve y comérsela. Esa niña que ahora se calienta las manos con la piel de un animal que acaba de morir y que así aprovecha el calorcillo, que sigue a Mathias por el bosque como si fuera su sombra, que le mira intensamente con sus ojos profundos, que le vela mientras duerme y le procura algo que jamás ha conocido y que es incapaz de aprehender. Es algo aún demasiado confuso en su mente y en su cuerpo. Es confuso pero ahí está, existe y le invade poco a poco con una especie de silenciosa alegría. La niña alza la vista hacia él. Se ha percatado de su azoramiento, no se le escapa nada. Mathias se vuelve y reemprende el camino hacia la cabaña.

Masticaban concienzudamente, en silencio frente a la chimenea. Renée tragó su último bocado y se enjugó los labios con la manga. Era su segunda noche en la cabaña. La víspera, Renée le contó una historia. Él no quería, pero a ella no le importó. Trataba de un caballo mágico y gigantesco, que cargaba con cuatro hermanos en su lomo a través del imperio de Carlomagno. Los cuatro estaban enojados con Carlomagno por algo que Mathias no alcanzaba a comprender, y sin duda la niña tampoco. En resumidas cuentas, los hermanos, los cuatro hijos de Aymon, declararon la guerra al emperador y recurrieron a la ayuda de un tipo extraño, una especie de brujo ataviado con pieles de oso y con la cabeza cubierta de hojas, que podía hacerse invisible y vivía en el bosque. El brujo se llamaba Maugis y poseía un caballo fabuloso, enorme, capaz de cruzar el Mosa de un salto. El animal se llamaba Bayardo. El caballo mágico, como dijo la niña. Y pronunció esas palabras como un conjuro, como si fueran sagradas, antiguas y bárbaras. Y a Mathias, finalmente, le gustó lo que le contaba.

Así que el caballo mágico permitió a los hermanos huir en muchas ocasiones de los esbirros de Carlomagno y este se volvió completamente loco al ver que los hermanos se reían de él; y juró que mataría al caballo mágico de una manera terrible y cruel. Y Bayardo cayó en su trampa. Ahí se quedaron cuando la niña decidió que estaba cansada y que le contaría el final al día siguiente. Él se había llevado un chasco. Quería saber qué le ocurrió al maldito jamelgo. Mientras la niña le explicaba la historia, se había sentido ligero, tranquilo, alejado de esa guerra. Había vuelto allí, a la tienda de la vieja india. Pero eso eran otros tiempos, y él mismo era otro.

—¿Quieres saber cómo acaba? —preguntó Renée.

Farfulló algo que la chiquilla interpretó como un «sí». Y se sentó muy erguida. Sus ojos brillaban con un resplandor vivaz a la luz de las llamas. El caballo mágico estaba preso. Carlomagno ordenó que le ataran una enorme rueda de molino al cuello y que lo obligaran a saltar al Mosa. El caballo saltó y Carlomagno se alegró en cuanto desaparecieron las ondas en la superficie del río. Por fin había derrotado a la bestia; había aniquilado la magia y a quienes se oponían a su autoridad. Sin embargo, ¡su sorpresa y su cólera fueron enormes cuando el caballo mágico surgió del agua! De un golpe de casco, rompió la rueda de molino y saltó fuera del agua, ¡como si nada! Renée hizo un gesto amplio que evocaba un chorro de agua. Y, de un brinco, el caballo se plantó en la orilla. Bayardo se adentró en el bosque y no se le volvió a ver. Nunca más.

De acuerdo. Nunca más. La niña lo dijo con una expresión misteriosa casi cómica. Mathias sonrió. Renée frunció el ceño.

—¿Sabes que Bayardo aún vive? Se encuentra a gusto en cualquier bosque grande y puede ir adonde quiera, muy lejos...

Hizo una pausa y añadió:

—Hasta tu casa.

Mathias se estremeció casi imperceptiblemente, pero Renée lo advirtió.

—En Alemania...

Mathias no respondió. Renée sabía que él había tenido una vida antes, otra vida en realidad, no solo la de soldado alemán. Hablaba muy bien francés. El bosque era su mundo. Renée adoraba ese misterio, esa inmensa parte oscura en él que la aterrorizaba y la atraía a la vez. En las historias que le habían contado, hasta donde podía recordar, Renée siempre había preferido los personajes un poco sombríos. Y ocurría lo mismo con la gente a la que había conocido durante su vida de peligro, persecución y secreto. Aquellas personas demasiado amables, que le hablaban con grandes sonrisas mostrando todos sus dientes y con arrugas alrededor de los ojos, a menudo habían resultado ser las menos dignas de confianza.

Renée recuerda a Marie-Jeanne, la vecina del matrimonio de granjeros que cuidaron de ella cuando solo tenía tres o cuatro años; esa mujer larga y huesuda la atraía con golosinas, le acariciaba el cabello y le decía que era muy guapa. Y un día, despiertan a Renée en plena noche: tiene que marcharse, sin ni siquiera vestirse, en una noche fría. Mamá Claude, la granjera, dice que los alemanes llegarán enseguida, para llevársela. Pierre, el marido de Mamá Claude, saca el coche del granero y circulan mucho tiempo. Renée finge dormir, pero oye al matrimonio hablar de Marie-Jeanne. Tenían que darle dinero para que no dijera nada acerca de Renée a los alemanes. Hasta que un día Pierre decidió no seguir pagándole, y Marie-Jeanne fue a contarlo todo. Y, felizmente, ¡Jesús, María y José!, un chaval valiente del pueblo se enteró y tuvo la bondad de avisar a los granjeros. De lo contrario, ¡Jesús bendito!, estarían criando malvas y santas pascuas. La granjera se hallaba en un lamentable estado, sollozaba y respiraba con dificultad, ¡y bendito sea Jesús en la cruz, gracias, Dios mío, por apiadarte, y esperemos que no sea demasiado tarde, santa María, ruega por nosotros pecadores, si hubieran venido los alemanes, ay, si hubieran venido antes, sanseacabó!

Mathias se había dormido. Renée se tumbó sobre el viejo colchón que él le había cedido. El alemán se había hecho un lecho de pinaza, muy aislante, que Renée envidiaba. Cerró los ojos y enseguida se durmió. Soñó: Marie-Jeanne estaba de rodillas frente a Carlomagno e imploraba piedad. Tenía una cuerda al cuello y, en el extremo de esa cuerda, una rueda de molino que debía de medir más de cinco veces su altura. Carlomagno era sordo a sus súplicas. Ordenó a sus soldados que arrojaran a Marie-Jeanne al Mosa y la mujer empezó a rezar un avemaría que terminó con grandes burbujas en la superficie del agua.

Mathias despertó a Renée de su sueño sacudiéndola

del brazo. Le indicó que guardara silencio. Alguien o algo, rascaba la puerta. Mathias desenvainó el cuchillo y se lo puso entre los dientes. Con una rápida tracción de los brazos, se encaramó sobre el dintel de la puerta y se escondió entre las vigas. Los golpes en la puerta continuaban, más fuertes.

—A la de tres, abre —susurró Mathias.

Contó con los dedos y, a la de tres, Renée abrió la puerta y se ocultó detrás de ella. Oyeron un ruido de pasos, más bien un pateo, y una respiración pesada. Mathias bajó de su escondrijo, empuñando el arma. Su expresión se heló. Hizo una señal a Renée para que se acercara. Ante ellos se hallaba un ciervo muy grande con una inmensa cornamenta. El animal los miraba con sus ojos dulces y, sin embargo, altivos. Su pelaje mate estaba manchado de nieve. Renée solo había visto ciervos dibujados. Era enorme. Se preguntó si no estaría aún soñando y temió que si hacía el menor movimiento, el animal desaparecería como por ensalmo. Pero Mathias avanzó y tendió la mano hacia el ciervo, despacio, con un movimiento que demostraba una especie de conocimiento íntimo. El ciervo se aproximó a su vez y le miró a los ojos un buen rato. Luego bajó su hermosa y pesada cabeza y apoyó el hocico en la palma de la mano del hombre. Renée se quedó atónita: el alemán poseía el Don. Era el señor de los bosques y de los animales. Renée había descubierto su secreto. Casi no le hablaba, ni siquiera le había dicho su nombre —y por ello la niña tampoco le había revelado el suyo—, y se negaba a abrirse a ella, pero eso no le importaba. El animal retrocedió un poco, los miró por última vez, se volvió y desapareció, engullido por la oscuridad.

El día siguiente quedaría grabado en la memoria de Renée como el «día del regalo». Había visto al alemán coser una piel de liebre, utilizando los intestinos del animal como hilo. Renée no preguntó nada; sabía que no obtendría respuesta. Cuando acabó su labor, la llamó con rudeza, como tenía por costumbre.

—¡Oye, tú, ven aquí!

Renée se aproximó y el alemán tomó su mano cubierta de sabañones y le puso una manopla, con el pelo hacia dentro. Hizo lo mismo con la otra mano. Unas verdaderas manoplas de piel. Para ella. Y hechas por él.

Renée no había recibido muchos regalos a lo largo de su vida; su Ploc era el más preciado, porque se lo dio su madre. O eso era lo que le habían dicho, y recordaba haberlo tenido siempre con ella. Y, además, Ploc era realmente simpático y gracioso, con sus pelillos de lana erizados en la cabeza un poco puntiaguda, y su mirada atenta. Su madre había elegido bien. Seguramente le hizo mucha gracia. Luego estaba el libro *Los cuatro hijos de Aymon* que le dio Marcel, y que se encontraba en su maleta, abandonada en la carretera. Ocurrió lo mismo con la muñeca de Catherine, olvidada en el castillo una mañana. Suplicó que regresaran a buscarla, pero no pudo hacerse nada. En verdad, a Renée no le gustaban mucho las muñecas, pero esa se la había dado su gran amiga, a la que los alemanes se habían llevado, y que a buen seguro a esas alturas debía de estar criando malvas, como decía siempre la granjera. A Renée le gustaba esa expresión porque era divertida y daba la sensación de que no había acabado todo ya que aún se hacía algo que, por poco apasionante que fuera, era mejor que nada. Renée nunca había creído en esas historias de ir al cielo, estar con los ángeles o ver a Dios. La imagen de la tierra y de las malvas brotando era más conforme a lo que presentía. Le explicaron que Catherine había sido conducida a un lugar donde había muchos otros niños y que allí quizá se reuniría con sus padres. Si era una buena noticia, ¿por qué la hermana Marta del Sagrado Corazón adoptaba su aire más lúgubre para anunciarla? De acuerdo, Renée estaba dispuesta a creer en la gran reunión de las familias, pero ¿qué iban a hacer los alemanes con toda esa gente a la que detestaban?

Renée contempló maravillada sus manos enguantadas, haciéndolas girar en el aire como pequeñas marionetas. Se aproximó al alemán y apoyó la mejilla contra su pecho, y el hombre se tensó al sentir ese contacto, como si se hubiera petrificado. Renée no se sorprendió. Comprendía exactamente lo que sentía. A ella tampoco le entusiasmaba el contacto físico con sus semejantes, ya fueran niños o adultos. Prefería a los animales. Pero con él era diferente.

Renée salió de la cabaña. El suelo estaba cubierto por una gruesa capa de nieve; los árboles se inclinaban, perfectamente blancos bajo su pesado manto. Reinaba el silencio. La pequeña recogió nieve y formó una bola muy regular, que hizo rodar sobre el suelo para hacerla más grande. Ahora que ya no temía que el frío le helara las manos, iba a hacer un muñeco de nieve. Mathias se hallaba en la puerta. Observaba a la chiquilla, absorto, por completo, en lo que hacía, aparentemente despreocupada ante cualquier otra cosa. Y, sin embargo, podía estar muy atenta a cuanto la rodeaba y ser muy prudente. Tenía una extraordinaria capacidad de anticipación que Mathias solo había visto entre los indios. En ese momento era como cualquier otro niño y se concentraba en el juego y en el instante presente. Se sorprendió al preguntarse por primera vez de dónde venía y cuál había sido su vida hasta entonces. Podía imaginarse cómo debía de haber sido su existencia de niña perseguida, buscada, perpetuamente en peligro. Había conocido a niños judíos acogidos por civiles cuando estuvo infiltrado en la Resistencia francesa, pero los críos con los que se había cruzado parecían apagados. No miraban a los ojos, se desplazaban pegados a la pared y tendían una mano temblorosa. Estaban muertos de miedo. Y esa niña era muy diferente.

Casi había terminado el muñeco de nieve. Le clavó un palo como nariz y retrocedió para admirarlo. Mathias entró en la cabaña a por cigarrillos. Al salir, un bloque de nieve se deslizó del tejado y le cayó sobre la cabeza. Se quedó un buen rato mirando a Renée sin moverse. Finalmente, se sacudió la nieve del cabello y de la ropa. ¿Había oído a la niña riéndose ahogadamente? Recompuso su aspecto y adoptó un aire despreocupado que provocó un nuevo ataque de risa de Renée que, sin embargo, logró contener. Observaba a Mathias, que se mordía los labios y tenía los ojos enrojecidos. Sentía que una cólera impotente se adueñaba del alemán; le resultaba intolerable que la mocosa se riera de él. Avanzó unos pasos hacia Renée. La miró enojado y de inmediato se dio cuenta de que así aún hacía más ridícula la situación. Renée se reía a carcajadas, escandalosas y arrogantes. Mathias la tomó del brazo, pero la niña se escabulló. La persiguió. Era muy rápida. Acabó agarrándola del abrigo, la hizo caer y se vio arrastrado en la caída. Rodaron sobre la nieve. Ella se levantó antes que él y le dirigió una mirada a la vez desafiante y triunfal, y se encaminó a la cabaña. Mathias dejó caer su cabeza sobre el suelo. Era incapaz de describir con palabras lo que estaba viviendo.

3

Esa noche, Mathias se despertó sobresaltado. Renée estaba acurrucada contra él. Apoyaba la cabeza contra su torso y tenía una mano sobre su cadera. Sentía el calor de la respiración contra su piel y el peso ligero del brazo sobre el costado. Por un instante tuvo el reflejo de abrazarla, pero se contuvo. ¡Cada cosa a su tiempo! ¿Qué se creía? ¿Acaso unos días juntos comiendo liebre los convertían en los mejores amigos del mundo? ¿Y cuántos días habían pasado, tres o cuatro? No estaba seguro. Demasiados, de todas formas. Aquello tenía que acabar. La niña necesitaba una casa de verdad, una cama, calor, juguetes, verdura fresca… La dejaría con gente de bien, en alguna granja o casa aislada. Mathias retrocedió y apartó el brazo de Renée de su cadera. Se levantó y fue a sentarse junto al fuego.

—¡En pie! —ordenó en voz alta.

Renée despertó y se incorporó apoyándose en un brazo, frotándose los ojos.

—Tenemos que marcharnos. No puedes quedarte conmigo.

—¿Por qué? —preguntó la chiquilla.

—Porque no. Levántate. Nos vamos.

Renée volvió a acostarse, dándole la espalda.

—No —dijo—. Me dejarás en casa de alguien. Y no quiero.

Mathias se aproximó a ella y la obligó a volverse. Ella se resistió. La tomó de los brazos y la zarandeó. La chiquilla gritó. Mathias le puso una mano sobre la boca. La niña seguía profiriendo su grito ahogado y forcejeaba. Se estaba poniendo colorada y los ojos se le inyectaron de sangre. Mathias se sentía perdido. No sabía qué hacer con esa chiquilla repentinamente histérica. Tenía que hacerla callar. En menudo jaleo se había metido. Y eso que las cosas podían ser muy sencillas; una visión le vino a la mente: la hoja del cuchillo cortando el pescuezo de la chiquilla de una oreja a otra. Así callaría de una vez. Quizá fuera la solución. O simplemente un buen golpe en la nuca, solo para que perdiera el conocimiento. ¡A ver si se callaba por fin! Con un gesto torpe y desesperado, la rodeó con sus brazos y la mantuvo abrazada contra él. La chiquilla sollozaba contra su pecho, incapaz de recuperar el resuello. Mathias no se movía. Poco a poco, Renée se calmó. Sintió que su cuerpo se relajaba en sus brazos y, cuando estuvo seguro de que se había calmado, la miró, enjugó las lágrimas de su rostro y le colocó bien el cabello.

Renée volvió a acostarse y siguió tumbada sin decir nada hasta que llegó el momento de marcharse.

El jeep seguía en el mismo lugar donde lo habían dejado. Era increíble, teniendo en cuenta que aquellos bosques se habían convertido en un campo de batalla, lleno de *foxholes** y cubierto de cadáveres. También era sorprendente que nadie les hubiera molestado en su escondrijo. Mathias se instaló al volante, accionó el contacto y el motor arrancó con un cuarto de vuelta de la llave. Retomaron el sendero en sentido inverso pero, en lugar de llegar hasta la carretera, Mathias tomó otro camino que serpenteaba por el bosque. El jeep se hundió en el fango de un río. Mathias calzó las ruedas con piedras, empujó el vehículo con todas sus fuerzas, maldijo, refunfuñó y pateó la carrocería. Renée se hartó de verle enfadado y tozudo como una mula. Salió del jeep y metió los pies en el agua helada. Vadeó el río con valentía hasta alcanzar la orilla y avanzó con paso decidido sin ni siquiera dirigirle una mirada a Mathias.

¡Maldita cría! Si estaba intentando sacar de allí el maldito jeep era por ella. A él no le importaba tener que caminar. ¡Al diablo! Metió otra piedra grande debajo de la rueda trasera izquierda y pisó a fondo el acelerador. En vano. Vio a la niña avanzando con dificultad por el

* Ese término inglés, que significa literalmente «madriguera de zorro» o «raposera», se refiere a las trincheras en las que se ocultan los francotiradores. *(N. de la A.)*

campo lindante con el bosque. Una mancha negra tambaleándose sobre la nieve. Echó a correr para alcanzarla y enseguida la adelantó. La chiquilla a punto estaba de caerse a cada paso, porque la nieve era muy espesa. Intentaba contener los temblores que se apoderaban de ella. Mathias volvió a su lado y se la cargó a hombros, como un fardo.

Jeanne estaba harta de aquel sótano lleno de viejas lloronas que rezaban el rosario, de niños que se quejaban de hambre y a los que les respondían con tono burlón: «Cómete una mano y guárdate la otra para mañana». Hastiada de las inacabables discusiones acerca de la posibilidad de una victoria de los aliados y sobre la temible tenacidad germánica. El guarda rural creía a pies juntillas que los alemanes «aún no habían dicho la última palabra» y el tío Arthur solo elogiaba el valor de los yanquis, esos muchachos valientes y viriles que encarnaban la libertad. Las conversaciones en voz baja degeneraban a menudo en discusiones, pero se hacía el silencio en cuanto Jules Paquet, dueño del lugar y padre de Jeanne, daba unas voces. Las mujeres volvían a sollozar y recomenzaba la letanía de padrenuestros y avemarías.

Por eso Jeanne fue a refugiarse a la cocina, como hacía a menudo a pesar de la desaprobación general. Se sentó en un pequeño taburete de ordeñar, ante la chimenea en la que no ardía el fuego. Su mirada recorrió la habitación: era un caos de muebles destrozados y desparramados por el suelo, cristales rotos y trozos de porcelana. El gran aparador que resistía desde hacía doscientos años se inclinaba ahora peligrosamente, con sus platos de Chiny amontonados todos en el mismo lado, como en un buque en medio de una tormenta. La granja de planta cuadrada había sido alcanzada en varias ocasiones por obuses. La vivienda principal aún se tenía en pie, pero la mitad del tejado se había desplomado. El granero y parte de los establos estaban derruidos.

Apenas eran las cuatro de la tarde y ya era casi de noche. La ofensiva alemana empezó el 16 de diciembre y los Paquet se instalaron en el sótano el 18. Era 21. Hacía solo cuatro días pero Jeanne tenía la impresión de no haber visto la luz del día desde hacía mucho más tiempo. Tenía hambre, como todo el mundo, pero aún había que esperar un par de horas antes de mordisquear un minúsculo pedazo de pan y una loncha de jamón. Un jamón que se arriesgó a ir a buscar a la granja de los Dussart, a cambio de un bote de manteca. La granja de los Paquet había sido ocupada por los alemanes y luego por los norteamericanos, y unos y otros desvalijaron las reservas de provisiones.

Jeanne se llevó las manos a la cabeza y suspiró cerrando los ojos. Se incorporó conteniendo la respiración. Había oído algo, afuera. Se puso en pie y pensó en regresar al sótano, pero unos pasos se aproximaban desde el pasillo; ya no tenía tiempo. Se quedó inmóvil contra el aparador.

—*Anybody home?* —dijo una voz.

Un norteamericano. Jeanne ya no sabía a ciencia cierta si debía alegrarse de ello. Los alemanes habían sido rudos, despectivos y groseros, pero los norteamericanos estaban tan nerviosos que también se habían vuelto desagradables. Los pasos se aproximaron. La puerta se abrió en el momento en que Jeanne hizo caer una pequeña virgen de porcelana que se hallaba sobre la chimenea. Un segundo después, un soldado que había surgido del pasillo apuntaba a la chica. Permanecieron así un momento, mirándose de arriba abajo, y luego el soldado se volvió e hizo entrar a una chiquilla, que se detuvo delante de él. El soldado y la niña miraban a Jeanne con una intensidad que la desconcertó. Siempre recordaría la entrada de esa extraña pareja en su cocina, bajo una luz fría y vespertina; las singulares miradas de aquellos dos pares de ojos, claros los de él y muy oscuros los de ella, que le parecieron de animales salvajes de la misma manada. Finalmente, el soldado dijo:

—¿Hay soldados en la casa?

Hablaba francés, y muy bien para ser yanqui, a pesar de su curioso acento.

—No, no hay soldados —respondió Jeanne—. Aparte de usted.

Los labios del soldado esbozaron lo que podía parecer un intento de sonrisa.

—¿Puedes cuidar de ella? —preguntó, señalando a Renée.

En realidad no se trataba de una pregunta. Era más bien un mandato, rayano a una orden amable. Jeanne no era una persona que admitiera imposiciones.

—¿Cuidarla? ¿Durante cuánto tiempo? ¿Y quién es?

—Es judía; me la entregó un cura en Stomont.

—Stoumont; se dice Stoumont.

¡Otra bocazas! Perfecto, porque así se entendería de maravilla con la chiquilla. O se tirarían de los pelos una a otra. Esa buena moza, ¿no podía simplemente decir «sí», para acabar cuanto antes? ¡Se dice «Stoumont»! Y esa mirada insolente. Qué valor, cuando se hallaba frente al enemigo. De repente recordó que vestía uniforme norteamericano. A punto estuvo de darle una orden en alemán, para que obedeciera y cerrara su boquita. Se dio cuenta de que seguía apuntándola con su arma. Bajó el brazo. A su lado, la niña no se movía. Desde la crisis de la última noche se había encerrado en un insoportable silencio. Mathias se dio cuenta de que echaba de menos su cháchara, sus miradas, sus sonrisas, su jamelgo mágico e incluso la seriedad que presidía a menudo sus rasgos.

La chica apartó la vista de Mathias y observó a la niña. Le tendió los brazos y le sonrió. La pequeña seguía sin moverse. Mathias la empujó con la mano. Renée se dirigió hacia Jeanne como un pequeño robot. Jeanne la tomó en brazos. A pesar de su delgada silueta, la niña le pareció pesada. Era toda músculos y huesos.

—¿Cómo te llamas?

La chiquilla no respondió. Seguía enfurruñada. Jeanne y el soldado intercambiaron una mirada. Renée acabó volviéndose, para estar frente a Mathias. Se tomó su tiempo antes de hablar, sin dejar de mirarle:

—Me llamo Renée.

Los ojos del soldado se enturbiaron ligeramente. La niña no apartaba de él su insistente mirada. Los tres permanecieron un rato inmóviles. Había aparecido la luna y bañaba la cocina en ruinas con una luz difusa y azulada, dándole el aspecto de un barco hundido en el fondo del mar. Mathias evitó la mirada de Renée.

—Tengo que irme —dijo.

Se volvió y salió. Se oyeron sus pasos sobre las losas del pasillo. Renée se desprendió bruscamente de los brazos de Jeanne, que la dejó en el suelo. Se dirigió a la ventana; Jeanne la siguió. Mathias se alejaba hacia el porche. Se volvió una vez más y desapareció. Renée observaba el patio nevado, el árbol calcinado en el centro y, sobre todo, la carcasa del caballo muerto.

Renée no quiso que Jeanne la tomara de nuevo en brazos para descender al sótano. Allí abajo, decenas de ojos la examinaron bajo la vacilante luz de las lámparas de aceite. Había unas veinte personas, de todas las edades. Renée vio primero a los más pequeños, dos niñas mayores que ella y un adolescente. Se oyeron unos murmullos entre el grupo. Una mujer exclamó: «*Maria Dei!*»; era imposible saber si se trataba de una muestra de gratitud o de un reproche dirigido a la madre de Jesucristo.

—Un soldado americano me ha pedido que la cuide —dijo Jeanne.

—¿Un soldado? ¡Si aparece un soldado, tenéis que avisarme! ¿Dónde está?

Era Jules, el padre de Jeanne, que habló con voz estentórea. Renée comprendió de inmediato que estaba al mando en aquel sótano. Era bastante alto, fuerte como un roble, con unos penetrantes ojos negros, unas manos enormes y una expresión colérica que se transformó de inmediato en una sonrisa jovial cuando se cruzó con la mirada de Renée.

—El soldado se ha marchado —respondió Jeanne—. No tiene familia, se llama Renée.

Miraron a Renée, que no tenía a nadie en el mundo, con una compasión teñida de curiosidad, en un silencio solemne. Berthe, la madre de Jeanne, una mujer de buen aspecto, de rostro cuadrado y expresión voluntariosa, acarició el cabello de la niña. Y acto seguido, la voz de la más anciana, Marcelle, la abuela de Berthe, rompió el silencio.

—¿Qué hacen los americanos en el pueblo? —preguntó enojada.

Los críos se rieron al oír la pregunta de la vieja. Berthe los llamó al orden con la mirada.

—Son los que nos van a liberar, Bobone. ¿Te acuerdas de que han venido a salvarnos de los alemanes?

—Bueno, tal vez —murmuró Jules.

Berthe se aproximó a Renée y se agachó para ponerse a su altura.

—Vamos, criatura,* todo irá bien —dijo con marcado acento valón.

Renée no tenía la menor duda. Miró a Berthe perpleja. La tía Sidonie, cuñada de Berthe, exclamó con voz temblorosa:

—¡Ay, pobre pollita!

Esa era la que había invocado a la madre de Cristo. Renée se puso en pie y la miró fijamente: ¡no era una pobre «pollita»! Estaba harta de que se apiadaran de ella, de las expresiones avergonzadas y de las miradas a menudo esquivas. Y Jeanne puso la guinda murmurándole a su madre:

—Es judía. El cura de Stoumont se la entregó al soldado. Tenía a las SS frente a su puerta.

* Se han adaptado al español las expresiones locales en valón que emplean algunos personajes en el texto original en francés. (N. del T.)

48

Berthe se santiguó. Un murmullo aterrorizado brotó del grupo.

—Ay, si los alemanes la encontraran aquí... —dijo Berthe.

Una mujer con una criatura en brazos avanzó.

—¡Y que lo digas! ¡Esto no puede ser, por Dios bendito! —exclamó con voz sobreaguda—. ¡Hará que nos fusilen a todos!

Era la cobarde del grupo. Renée lo sabía. Aunque a las personas así no había que condenarlas por anticipado, porque a veces hacían gala de un valor sorprendente, era aconsejable desconfiar de ellas y observarlas. Renée había puesto de nuevo en marcha su pequeño detector, que había estado menos activo durante el tiempo pasado con el alemán. Con él se había sentido más segura que nunca. En realidad, estaba muy cansada de mantenerse siempre al acecho, desde hacía años, con los nervios de punta y el cerebro en alerta. Experimentaba esa sensación de fatiga sin ser plenamente consciente, pero había conocido la diferencia con el alemán. Se había apoyado en él. Había bajado la guardia. Y él se había marchado. ¿Habría vuelto con los suyos? Descartó esos pensamientos. Había pasado página. La situación había cambiado. Tenía que adaptarse. Y vivir.

4

La mujer que tenía miedo acunaba a su hijito, nerviosa, sin apartar la mirada de Renée. El chiquillo no tenía muy buen aspecto. No tendría más de dos años y estaba pálido y delgado. Un moco verde le colgaba de la nariz y tosía regularmente. Jules tomó a Renée de los hombros y la alejó de la mirada malevolente de Françoise.

—No temas, nena, no son mala gente. Solo están asustados, y el miedo vuelve tontas a las personas. Pero aquí estás en mi casa y yo no tengo miedo.

La condujo más lejos por el amplio sótano abovedado. La vieja Marcelle estaba sentada en un colchón; envuelta en varias capas de ropa, y con la cabeza cubierta con un chal de lana, parecía una muñeca rusa, con más arrugas y menos colores. Al lado de Marcelle había otra anciana, aunque menos vieja y mucho menos tapada. Esa vieja tenía unos ojos muy extraños, de un azul casi blanco. Llevaba un moño deshecho y su cabello era negro azabache.

Sonreía, pero Renée no hubiera podido decir si esa sonrisa estaba dirigida a ella o a algún personaje invisible oculto en un oscuro rincón del sótano.

—¿Dónde está la cría judía? —exclamó Marcelle dirigiéndose a los presentes.

Renée se preguntó si sería ciega.

—Aquí está, Bobone —respondió Berthe con humor.

—Nanay. Esta es de por aquí —replicó la anciana.

La risa de Jules resonó en las bóvedas de piedra. Todos se encogieron un poco. El menor ruido podía causar problemas, pero parecía que a Jules no le preocupara o, por lo menos, cuando era él mismo quien producía ese ruido.

—¡Quía! ¿Qué pensabas, que tendría cuernos y pezuñas? —preguntó.

—Creía que sería negra —respondió Marcelle, de buena fe.

Un murmullo contrito invadió el sótano.

Los niños se rieron de nuevo. Jules se divertía mucho con la abuela.

—¿Como en el Congo? —insistió.

—No, no tan negra. Pero negra...

Como en realidad no sabía en qué consistía su judaísmo, Renée comprendía perfectamente que, al conocerla, las personas lo supieran aún menos que ella. De haber estado en su mano, les hubiera proporcionado las respuestas encantada. Ser judío estaba relacionado con la religión, eso sí lo sabía. En el castillo, las monjas le dijeron que a los judíos no les gustaba Jesús y que eran los culpables de su muerte. Renée, por su parte, no tenía nada en contra de él, al contrario. Se compadecía mucho de verlo en la cruz. Preguntó qué tenían los otros judíos en contra de aquel pobre hombre que parecía tener un montón de problemas, pero no obtuvo respuesta alguna. Simplemente le dirigieron una mirada comprensiva.

También había una lengua judía, aunque los judíos vivieran por todo el mundo. Su amiga Catherine sabía esa lengua porque la hablaba con sus padres antes de llegar al castillo. Los niños judíos a los que había conocido no tenían nada especial, aparte quizá del color del cabello y de los ojos, generalmente oscuros como los suyos. En el castillo no había ni un solo judío negro. Pero sin duda debía de haberlos, porque los judíos vivían por todas partes.

La palabra «judío» constituía un verdadero misterio. Renée se había prometido que un día lo desentrañaría y, sobre todo, que llegaría a comprender por qué esa palabra volvía a las personas a veces cobardes, como al padre de Marcel y de Henri; a veces malvadas, como a Françoise o Marie-Jeanne; y a veces valientes y fraternales, como a los granjeros del «otro campo», la hermana Marta del Sagrado Corazón, el cura o Jules Paquet. Pero, por encima de todo, lo que preocupaba a Renée eran las emociones que esa palabra desencadenaba, la facultad que poseía de dejar a las personas al desnudo. Al alemán parecía que no le importaba que Renée fuera judía. Debería haberla matado, porque era un soldado alemán y como tal estaba obligado a matar o a llevarse a los judíos, pero no lo hizo. Luego, ya no tuvo importancia. Con él, Renée era ella misma. Por primera vez en su vida, en compañía del soldado alemán, Renée había olvidado que era judía.

En ese sótano estaba obligada a recordarlo. Allí volvía a despertar curiosidad. Sintió, sin embargo, que no había ido a parar a mal lugar. Jules, sobre todo, le inspiraba tranquilidad y la divertía.

—¡Ven aquí, canija! —dijo Marcelle tendiéndole la mano a Renée.

Renée le dio la mano con cierta aprensión. No había frecuentado a muchos ancianos y Marcelle la impresionaba un poco, con su voz ronca y tantos años acumulados sobre ella.

—¡Mira qué pollita tan bonica tenemos aquí! —dijo la vieja con una sonrisa dulce que dejó ver su boca completamente desdentada.

Marcelle siguió hablando en valón, pero Renée ya no la escuchó porque todos se habían vuelto para ver lo que sucedía en la escalera: un soldado norteamericano de aspecto fiero los encañonaba con su arma y vociferaba palabras incomprensibles. Otra vez. Renée se escondió detrás de Berthe y permaneció inmóvil. ¿Y si el soldado de la escalera era también falso, uno disfrazado? Sin embargo, había algo que permitía a la chiquilla saber que aquel tipo de gestos grandilocuentes era norteamericano. Renée aún no había visto a ningún norteamericano, pero ese hombre no era alemán. Hubiera puesto la mano en el fuego.

Al soldado le seguían otros dos. Los tres estaban muy nerviosos y hacían bailar sus armas como chiquillos jugando a gángsteres. A la pregunta habitual acerca de la presencia de alemanes en la casa, Jules Paquet respondió que no, que no había alemanes, *just family, just family!* Y *please don't shoot!* Los yanquis no tenían miramientos y Jules sabía que en Trois-Ponts habían arrojado una granada en un sótano lleno de desventurados civiles ante la simple presunción de que entre ellos había alemanes. No se andaban con chiquitas, estaba claro. Y ese chico gesticulante, con una mandíbula como la de Tarzán, no le despertaba mucha confianza. Todo el mundo tenía las manos en alto. Aguardaban órdenes. Tarzán ordenó que se reunieran en el patio. Acabarían pensando que no eran mucho mejores que los alemanes.

Así que salieron del sótano en fila india con las manos sobre la cabeza, y sobre ellos se abatió el frío de la noche. Tarzán se llamaba Dan; su teniente le ordenó que vigilara a los civiles mientras él y los otros soldados registraban la granja. Dan vigilaba a los civiles intimidatoriamente. Las nucas desaparecían entre los hombros buscando el calor y los pies se levantaban para evitar el contacto prolongado con las piedras heladas. El pequeño Jean, que estaba muy enfermo, tiritaba en brazos de su madre. La vieja

Marcelle parecía a punto de desmayarse. Los niños temblaban de terror y de frío. Renée ya se había encontrado en situaciones parecidas y se lo tomaba con paciencia. Sin embargo, mientras esperaba inmóvil, apretándose el pecho para sentir a Ploc escondido debajo del abrigo, se vio de repente de nuevo en el bosque, de espaldas a los dos soldados que debían matarla. Oye la pistola al amartillarla. Siente el titubeo, primero, y el miedo del hombre que apunta a su cabeza. Luego habla el otro con voz ronca y cálida. Ese es el que va a disparar. Sabe que es el fin, pero quiere verlo. Se vuelve y ve sus ojos detrás del arma con la que la apunta. La mirada del alemán. Es metálica e inexpresiva, aunque no exactamente, porque algo se ilumina en el azul frío, justo antes de la detonación. Rememora también el ceño ligeramente fruncido, como si algo no le cuadrara. La voz del soldado norteamericano saca a Renée de su visión. Regresa al patio, en medio de esas personas a las que no conoce. El alemán la ha abandonado. Es un hecho y nada puede hacer al respecto.

El pequeño Jean empieza a toser de nuevo. Las viejas se lamentan. Berthe y Jules sostienen a la abuela. Sidonie pregunta al soldado norteamericano quién ocupa el pueblo, si el ejército alemán o los aliados. El otro no la entiende. Hubert, el guarda rural, se lo pregunta en un inglés macarrónico.

—*The Fritz* —responde el soldado.

Un murmullo de espanto. Marcelle ya no puede más.

Berthe dirige miradas de súplica a Tarzán. Es obvio que a Jules le gustaría arrearle un puñetazo en la cara. El soldado indica finalmente que las dos viejas y Françoise y su hijo pueden volver adentro. Los otros soldados ya están de vuelta; no han encontrado nada y han comprobado que no hay alemanes. Todo el mundo regresa al sótano.

La media docena de norteamericanos se instala sobre la paja de un sótano más pequeño y bajo, de ladrillos, contiguo al amplio sótano abovedado en el que se hallan los civiles. Entre los soldados hay heridos. Un muchacho muy joven tiene una herida en la cabeza, que sangra a través de las vendas. El jefe del grupo es el teniente Pike, un hombre bajito y nervioso, con gafas. A Renée le parece más amable que Dan. Este último no deja de sonreír ni por un instante y resulta extraño puesto que su sonrisa no es realmente una sonrisa; es más bien una mueca, como la del muñeco Cascanueces. El teniente Pike ordena a las mujeres que vayan a la cocina, enciendan el fuego y preparen algo de comer para los soldados.

—¡Menudas ocurrencias tiene ese! —exclama Berthe—. ¡Si ni siquiera nos queda comida para los niños!

Berthe, Jeanne y Sidonie obedecen a regañadientes y Renée las sigue, cosa que parece disgustar a Dan. Renée, sin embargo, no le hace caso, pues quiere estar con las mujeres. De mala gana, comparten el trozo de jamón que Jeanne ha obtenido en casa de los Dussart. Berthe empieza a mezclar con agua una harina rara, llena de trozos de cereales. Max, un soldado negro alto y musculoso, contempla la mezcla con perplejidad.

—*What's that?* —pregunta, con cara de asco, señalando el plato con el dedo.

—Harina para los animales —afirma Berthe con orgullo, como si le ofreciera pavo relleno—. No hay nada más, hijo.

Max no parece convencido, pero Berthe hace una mueca de glotonería.

—¡Ñam ñam! —dice, frotándose el vientre.

El soldado le responde con una amplia sonrisa infantil. Esa sí es una verdadera sonrisa. Berthe y Sidonie sienten pena por él. Renée se acerca a Jeanne, que está rasgando un mantel para preparar vendas. Quiere echar una mano. Jeanne lo comprende y le confía las vendas, explicándole que no deben tocar nada, porque de lo contrario podrían infectar las heridas. Dan ronda a Jeanne. Renée entienda sus intenciones; en el patio no apartaba la vista de la muchacha. Le gustaría entablar conversación con ella, pero Jeanne le ignora y continúa con sus quehaceres. Dan está contrariado.

Ya no sabe qué hacer para atraer la atención de la joven y le acaricia la cabeza a Renée. Esta se aparta de inmediato y le fulmina con la mirada. ¡A ese Cascanueces que ni se le ocurra tocarla! Dan dice algo que Jeanne no entiende, pero relacionado con Renée y con las vendas, y con que está bien que Renée ayude a Jeanne llevándole las vendas, como parecen indicar el pulgar alzado y la sonrisa ingenua. Jeanne finge no comprenderle y le mira con una mezcla de hastío y de desprecio.

Las dos chicas dejan plantado a Dan, pero este no se da por vencido; agarra el muñeco que sobresale del bolsillo de Renée y se pone a dar saltos agitando a Ploc como una marioneta.

—*Look! Look who's there!*

Grita y brinca ante la expresión consternada de Renée. ¿Qué pretende? ¿Que Renée intente agarrar el muñeco? ¡Ni en sueños! Sin embargo, los otros niños se ríen; e incluso ríe el pequeño Jean, lo que resulta extraño porque es la primera vez desde la llegada de Renée. Dan zarandea al pobre Ploc y su cabeza golpea brutalmente contra una columna. Renée se harta y tiende la mano con gesto imperioso hacia el viejo muñeco de trapo. El norteamericano interrumpe finalmente su estúpida pantomima y se lo devuelve. A Jeanne no se le ha escapado ni un detalle de la escena. El norteamericano le dirige una mirada condescendiente. Intenta ocultar su despecho sonriendo a los niños.

Jeanne y Renée llevan las vendas al sótano de los soldados y se las entregan a Ginette, la otra anciana, la de los ojos claros, que se halla junto al soldado herido en la cabeza. Le han retirado las vendas y puede verse una herida grande y fea. Jeanne se sitúa delante de Renée para impedirle la visión, pero Renée alcanza a ver la herida del soldado. Aunque no la impresiona, siente un poco de pena por él. Le duele, y se nota. Berthe llega con un bote de miel, refunfuñando.

—¿A quién se le ocurre curar una herida con miel? —dice Berthe—. Un resfriado sí, pero...

Ginette ignora el comentario, toma con su mano una buena cantidad del unto dorado y aplica una capa espesa sobre la carne viva. Ginette mira a Renée y le explica:

—Primero estará roja uno o dos días y luego empezará a cerrarse, ya verás.

Ginette habló como si conociera a Renée de toda la vida. Berthe exhaló un suspiro y se alejó. Los soldados comenzaron a comer las gachas de avena. Mascaban lentamente y parecía que se les pegaban a los dientes. También se sirvieron gachas a los civiles, y todo el mundo se puso a masticar, rumiando con ruidos húmedos. Renée añoraba los trozos de carne de liebre condimentada con bayas silvestres; la buena tisana de pinaza hecha con agua de la fuente. Se le hizo una bola en la garganta; era incapaz de acabar su plato. Y debía de ser la primera vez que le ocurría algo así. Se dio cuenta de que una de las niñas se había aproximado a ella. Era la mayor. Morena, muy delgada y de mirada inteligente, había estado observando detenidamente a Renée desde su llegada, sin decidirse a hablarle.

—Me llamo Louise —dijo—. Soy la hermana pequeña de Jeanne. Tengo diez años. ¿Cuántos años tienes tú?

—Siete —respondió Renée con orgullo.

En realidad no lo sabía. Su documentación se había perdido en uno de sus numerosos desplazamientos. Solo sabía que iba a la clase de la señorita Servais y estudiaba lo mismo que las de segundo, que tenían siete años. Y había decidido que también ella tenía siete años.

Renée solo tenía recuerdos precisos a partir de los cuatro años, en casa de los granjeros del «otro campo», como lo llamaba para distinguirlo de los paisajes del sur del país que había frecuentado luego, muy diferentes, más boscosos y de relieve más accidentado. No sabía dónde había vivido antes de eso; solo tenía recuerdos muy vagos de esa época lejana, más bien imágenes, sonidos y atmósferas que a veces rememoraba. Recordaba por ejemplo una joya de oro, un colgante portafotos con un gozne, que se balanceaba ante sus ojos como un péndulo y la ayudaba a dormirse. La visión de la joya siempre estaba acompañada de olor a muguete. ¿Ese colgante pertenecía a su madre o a una persona que había cuidado de ella? Era posible que fuera un recuerdo de su madre, pero nada lo probaba y, para Renée, era inútil hacerse ilusiones. La mayoría de los niños en su misma situación se hubieran fabricado recuerdos a partir de retazos de vida confusos, remendados e idealizados después para formar una pantalla dulce y bella destinada a protegerlos del infierno de su realidad. Renée, sin embargo, no era de ese fuste. Hacía gala de una lucidez que a menudo había asustado a las pocas personas que se habían tomado la molestia de conocerla. Era dura con ella misma y también con los demás. No se engañaba a sí misma. Jamás. Por el contrario, se sumergía con pasión en las leyendas y los cuentos, historias antiguas muy alejadas de su presente. Las percibía confusamente como los únicos remedios ante la fealdad del mundo y, paradójicamente, como resplandecientes reflejos de su fulgurante belleza.

Louise le propuso dibujar. En el sótano había unos rollos grandes de papel pintado que sobraron cuando empapelaron la habitación de Jeanne el año anterior. Las niñas se instalaron en el suelo, en un rincón. Los otros niños no tardaron en reunirse con ellas: Blanche, la hermana del pequeño Jean, que tenía ocho años, y Albert, el hermano de Louise y de Jeanne, de catorce años, que se mostraba muy distante con Renée desde su llegada a la granja. Renée se lanzó a un gran retrato de Maugis, el dueño del caballo mágico, tan realista que parecía a punto de cobrar vida. Los ojos, sobre todo, eran cautivadores: con forma de almendra, de un azul muy claro y metálico, y una expresión a la vez dura y distante. El dibujo era casi a tamaño real y se extendía por buena parte del rollo. Los niños le hicieron preguntas, pero Renée estaba concentrada; ya se lo explicaría una vez el dibujo estuviera terminado. Los niños siguieron contemplando cómo dibujaba la chiquilla, fascinados. Cuando estimó que su obra estaba acabada, se sentó con las piernas cruzadas y la contempló en silencio. Y acto seguido comenzó su historia.

5

Mathias había caminado todo el día, después de haber dormido en un *foxhole* del que desalojó el cadáver de un norteamericano muy joven. Al salir de la granja donde dejó a Renée, erró de noche en busca de cobijo negándose en redondo a regresar a la cabaña de carbonero en la que se habían albergado. Cansado y aterido, dio con ese joven muerto, de mirada asombrada y que aún abrazaba su fusil. Mathias lo sacó del hoyo y lo tendió sobre el suelo a unos metros. Le cerró los ojos y se instaló en aquella especie de tumba.

No durmió mucho y, al alba, prosiguió su camino sin destino puesto que no sabía en absoluto a dónde ir ni qué hacer. Por primera vez en su vida estaba completamente extraviado y, literalmente, había perdido el norte. Su maravillosa mecánica se había atorado. Sentía con claridad que no era el mismo desde que había conocido a la niña. Renée. «Renacida», en francés, un nombre predestinado.

Era incluso cómico. Le vino de inmediato a la memoria el rostro de la vieja india. A ella no le hubiera parecido divertido; hubiera visto ahí una señal, un «camino». ¿Hacia dónde? ¿Hacia qué destino oculto y súbitamente revelado? Nunca había dado demasiado crédito a las palabras de la vieja Chihchuchimash; se reía con cariño de ella y de sus predicciones, y la india le consideraba entonces un bobo, un tipo al que le faltaba un tornillo. En el fondo, ella le compadecía. Le bautizó «Mata Mucho» y el apodo le iba como anillo al dedo porque, en efecto, mataba mucho.

Cuando era trampero en los bosques del norte de la bahía James a mediados de los años treinta, Mathias vivía solo y se relacionaba poco con los indios, únicamente por las necesidades del comercio. Hasta que un día su canoa volcó en los rápidos de Avena del río Rupert. Chihchuchimash lo encontró agonizando sobre una roca a orillas del río. Fue el perro de Mathias el que guio a la vieja hasta él. Mathias se había roto la cabeza pero, al cabo de una semana de fiebres muy altas, logró recuperarse.

Mathias siguió caminando mucho rato, visitado por breves y potentes destellos procedentes de Canadá. A pesar de su estado de confusión y profunda incertidumbre, sí sabía una cosa: había añorado mucho el bosque. Un bosque de verdad. Era la primera vez desde hacía cinco años que vivía en el bosque más de unas pocas horas seguidas. Su entrenamiento en Brandeburgo incluyó travesías por el bosque y sus misiones de infiltración entre los resistentes de Vercors le obligaron a vivir en plena naturaleza, pero ahora se daba cuenta de lo breves que habían sido esos momentos. También había añorado cruelmente la soledad, pero a lo largo de los años de guerra nunca había sido plenamente consciente de ello. Hasta esos tres días pasados en la cabaña con la chiquilla.

Hacia media tarde, Mathias se decidió a abandonar el bosque y tomó un camino de tierra que serpenteaba a través de los campos. No había vuelto a nevar, pero el cielo era plomizo y el frío seguía siendo intenso. Pronto llegó a un pequeño pueblo. En la calle principal, las mujeres lanzaban por las ventanas mantas y ropa que los niños y los hombres atrapaban al pie y apilaban en carretas o cochecitos. Los habitantes se disponían a huir del avance alemán en medio de una histeria absoluta. Cuando apareció Mathias, se abalanzaron sobre él como un enjambre de moscas. Una mano vieja y ganchuda le agarró la chaqueta y un hombre gordo y colorado le asió los hombros. De todas partes se alzaban voces femeninas sobreagudas.

—¡Alabado sea Dios! ¡Llegáis a tiempo!

—¡Los alemanes estarán aquí en unos minutos!

—¡Salvadnos, protegednos!

Se oían gritos y lamentos, y le presentaban a las criaturas extendiendo los brazos y alzándolas en el aire, como si fuera el Papa o el Cristo Redentor personificado. Sin embargo, nada podía hacer por ellos.

Durante mucho tiempo, esos momentos de falsedad le habían embriagado, cuando esas gentes crédulas le recibían como a un libertador, como a un héroe. Se deleitaba con el alborozo que precedía el abatimiento y el horror que semejante impostura inspiraba. Porque el mal que adopta la apariencia del bien adquiere una nueva dimensión, sin parangón y sin remisión.

Ante esas personas, en aquella plaza de pueblo, todo aquello ya no le divertía. Hubiera podido blandir su arma y proferir unas palabras en su lengua materna, entrever ese segundo de vértigo y de incredulidad en los rostros, antes de que las nucas se inclinaran y los brazos se alzaran por encima de las cabezas. Pero estaba cansado.

En medio de la algarabía general, un hombre preguntó:

—¿Estás solo?

Cuando Mathias respondió afirmativamente, todos retrocedieron y le soltaron las manos, los brazos, la ropa, como si súbitamente Mathias fuera un apestado. Estaba solo. Era incapaz de protegerlos del enemigo. Ya no les servía de nada. Los hombres retomaron los preparativos del viaje; algunas mujeres aún permanecían cerca de él, mirándole con compasión. Una chica guapa aproximó sus labios a su mejilla y le dio un largo beso, como si fuera un gladiador antes de entrar en combate. Mathias conservó mucho tiempo la sensación de esa boca carnosa, cálida y húmeda sobre su piel. Salió del pueblo.

Se dirigió hacia la columna alemana anunciada por los habitantes del pueblo. Iba a regresar a su bando. Eso iba a hacer. Sin duda le darían el parte de la situación y proseguiría su misión: se reuniría con Caracortada y le seguiría allí adonde la guerra le llevara. Mathias estaba convencido de que ese tipo taimado e incansable aún debía de tener algún as en la manga y hallaría la forma de acabar esa guerra de una manera divertida, e incluso de escapar de la debacle cuando las cosas se pusieran verdaderamente feas.

Pronto oyó el ronroneo del motor de un *panzer* y vio los cascos detrás del cerro; esos cascos que siempre le habían parecido ridículos, con el faldón alrededor de la nuca y calados hasta las cejas, que daban aspecto de bobo y malvado a cualquiera que se los pusiera. Hasta Gandhi hubiera tenido cara de memo malvado con ese casco sobre su cráneo calvo. Mathias se detuvo en medio del camino, dispuesto a quitarse el casco norteamericano en cuanto estuviera a la vista; era la señal entre los infiltrados de Skorzeny y los demás soldados del Reich: «Soy de los vuestros, no disparéis». Los soldados de infantería se aproximaban y uno de ellos alzó la cabeza. Sus ojos estaban ocultos bajo la horrible visera metálica y de su rostro solo se distinguía una boca abierta con una mueca estúpida. De repente, Mathias saltó a la cuneta y se arrastró hasta unos pequeños abetos. Tampoco los quería a ellos. Deseaba estar solo y que le dejaran en paz. Contempló pasar la manada verdigrís desde su escondrijo. Veía sobre todo las botas, martilleando el suelo. Incluso en medio de aquellos campos desolados avanzaban marcando el paso, con un palo en el culo, tan tiesos como desfilaban ante el Führer por la puerta de Brandeburgo.

Al anochecer, sus pasos habían guiado a Mathias a la cabaña. Empujó la puerta y examinó concienzudamente el interior. Advirtió que algunos objetos habían sido desplazados. Todo indicaba que el lugar había recibido una visita. Mathias encendió la chimenea, se preparó una tisana de pinaza y sacó del bolsillo las últimas galletas de campaña. Mientras comía esa cena frugal, vio que en un rincón de la habitación había algo colorido. Era la bufanda de Renée, de rayas rojas y verdes. La obligó a quitársela porque era demasiado llamativa. Mathias tomó la prenda y se la llevó a la cara. La lana húmeda aún estaba impregnada del olor de la niña. Un olor nítido, muy natural, muy «corporal»; pero empolvado, como si conservara algo de cuando era bebé, unos remotos efluvios de talco perfumado. A Mathias le vino a la cabeza el rostro de la chiquilla, con sus repentinos cambios de expresión, esa desconcertante candidez que podía dar paso enseguida a una profunda seriedad. Era algo poderoso e insondable que Mathias nunca había visto en otra persona.

Renée. Sintió la irreprimible necesidad de verla, de oírla, de sentirla a su lado. ¿Y si los hombres de Peiper ocuparan la granja? Los comandos de infiltrados de los que Mathias formaba parte tenían la misión de apoyar el avance de las tropas «oficiales», entre ellas la célebre y temible división Adolf Hitler de las SS. Entre los oficiales de esta se hallaba Joachim Peiper, un bruto elegante e hipócrita, asistente de Himmler durante años. La división no debía de encontrarse muy lejos en esos momentos y Peiper, responsable ya de numerosas matanzas de civiles y de judíos en el este, había recibido la orden de no andarse con remilgos. En esa disparatada ofensiva, Hitler quería que fuera cruel, intratable y vengativo, como aquellos dioses ancestrales que tanto les gustaban a los nazis y a cuya imagen jugaban con la seriedad de los niños. Mathias se puso la chaqueta, apagó el fuego y salió.

6

Renée se había adaptado perfectamente a la atmósfera de los sótanos de la granja Paquet. Como siempre, había comprendido rápidamente el «funcionamiento de la máquina», quién era quién y quién hacía qué. Se entendía bien con los niños, que apreciaban su talento explicando cuentos y los juegos que organizaba con mucha imaginación, en los que encarnaba a los más variados personajes con emoción y comicidad. En realidad, era capaz de hacer que los chiquillos olvidaran el aburrimiento en el que se hallaban inmersos desde que fueron confinados en el sótano. Desde siempre, Renée estaba acostumbrada a permanecer en el interior con la prohibición de salir y de hacer ruido, y sabía divertirse a pesar de esas imposiciones.

La vieja Ginette mostraba hacia ella una bondad particular y no perdía ocasión de sentársela en el regazo para cantarle una canción o contarle un cuento. Cuando Renée se apoyaba contra ella se sentía extrañamente bien, segura, muy tranquila, y a menudo se adormilaba.

A pesar de la piedad que sentía por ella, a Renée no le gustaba Françoise porque ella no le gustaba a Françoise. Jean tosía sin cesar e impedía a todos dormir. Estaba permanentemente muy caliente y lloraba mucho. Y en las contadas ocasiones en que quería jugar con los otros niños, Françoise le retenía y le abrazaba.

Después de su estruendosa irrupción, los norteamericanos se comportaban bastante bien, eran respetuosos con los civiles y serviciales. Dan seguía rondando a Jeanne con una sonrisa resplandeciente que parecía contener demasiados dientes. Jules Paquet le dirigía en esas ocasiones miradas poco complacientes. Jeanne no hacía absolutamente nada para darle esperanzas al norteamericano. Por el contrario, le miraba con desprecio y le frenaba los pies con gestos o expresiones de vestal ultrajada.

Renée se obligaba a no pensar en el soldado alemán. Su soldado, como le llamaba en secreto. Ella, que nunca había considerado nada como seguro o definitivo, creía que ese hombre podría cuidar de ella para siempre. Poco tiempo antes de que Renée fuera a vivir con Henri y Marcel, cuando aún estaba en el castillo de la hermana Marta, llegó una chiquilla de diez años, Margot, que repetía sin cesar que su antigua profesora iría a buscarla porque la quería mucho. Margot le explicaba a todo el mundo que la señorita Élise —Renée aún recordaba el nombre de la

72

maestra— la llevaría a su casa y se convertiría en su madre hasta que su verdadera madre fuera a buscarla. La señorita Élise jamás se presentó en el castillo y, sin embargo, Margot siguió esperando y soñando despierta, lo que acabó hastiando a Renée. No entendía por qué los adultos no le decían a Margot que todo aquello eran sandeces. Había que ayudarla, decirle la verdad. Y Renée hizo lo que los adultos no se decidían a llevar a cabo; ante todos los niños reunidos, le explicó a Margot que tenía que dejar de creer en esas tonterías, que la señorita Élise no iría a buscarla y como mucho la visitaría para saludarla. La pobre criatura se echó a llorar. Renée la abrazó para consolarla, pero aún no había terminado: había otra cosa que Margot también debía comprender y era que sus padres tampoco irían a buscarla, pues quizá estaban muy lejos o tal vez muertos. La niña miró primero a Renée como si fuera el diablo y luego la golpeó con todas sus fuerzas, hasta que una monja las separó.

Riñeron a Renée y la castigaron sin paseo durante cuatro domingos. No comprendía esa injusticia. No se podía castigar a alguien por decir la verdad, por doloroso que fuera oírla. Nadie acudió a reclamar a Margot. Nunca acudía nadie a reclamar a los chiquillos.

Jules Paquet cortaba leña junto al horno. La luz que entraba por la puerta abierta desapareció súbitamente. Jules no veía nada y a punto estuvo de cortarse la rodilla. Se volvió, maldiciendo. Una silueta alta y ancha se recortaba en el umbral de la puerta, apoyada despreocupadamente en el marco. Un hombre le robaba su luz. Un hombre al que no conocía contemplaba cómo cortaba leña junto al horno, sin anunciar su presencia. Sería otro de esos malditos yanquis. Jules asió con fuerza la empuñadura del hacha y miró de arriba abajo al hombre. Este le dirigió la palabra:

—Soy el que trajo a la pequeña.

De acuerdo. Pero ¿acaso el hecho de haber traído a la pequeña autorizaba a aquel tipo a meterse en la granja de los Paquet como una serpiente? A Jules le llevó unos segundos advertir que el hombre le había hablado en un francés impecable, aunque con acento.

—¿Qué quiere? —respondió Jules, con la mano aún crispada en el hacha.

—¿Aún está aquí? —preguntó el otro.

—Claro, ¿dónde quiere que esté?

¡Menuda ocurrencia! No, no está aquí, ¡se la he endilgado a un vecino que no tiene miedo de que lo fusilen! ¡Vaya cantamañanas!

—Quiero verla.

—Hay unos amigos suyos en la granja.

—Lo sé, había uno apostado en el camino.

¡Mierda! Y, sin embargo, el que estaba de guardia era Max, un negro astuto y discreto, siempre atento. Jules observó a Mathias de la cabeza a los pies. Con ese yanqui sería mejor no hacer tonterías. Jules advirtió que el soldado sonreía y le asombró el brillo de sus ojos claros, en los que relucía una ironía que le gustó al granjero.

—Venga, se los presentaré —dijo Jules.

Cuando Mathias advirtió que la granja estaba ocupada por los aliados, vaciló y esperó un tiempo antes de decidirse, preguntándose qué haría una vez en el interior, porque la víspera no se lo había planteado. Lo único que sabía era que quería estar cerca de Renée. Luego ya decidiría. Pero las cosas se habían complicado. Renée tendría que cubrirlo, sin desvelar su identidad. Mathias no tenía duda alguna al respecto: no le traicionaría voluntariamente. Sin embargo, el efecto sorpresa y la emoción podían acarrear consecuencias imprevisibles, sobre todo en una niña tan pequeña. Después de darle vueltas a todo ello más de una hora, dejó de pensar y entró en el patio. Distraer un instante la atención del centinela fue muy fácil.

El padre de familia le caía bien a Mathias; era hablador, corpulento y gracioso. Mathias sintió de inmediato que era también un hombre valiente. Era una cualidad que podía adivinar instantáneamente en situaciones de tensión y de peligro. Los dos hombres subieron en silencio los peldaños de la entrada, avanzaron por el pasillo y llegaron a la cocina.

En el acto, cuatro armas apuntaron a Mathias. Los

norteamericanos le miraban con recelo. Era normal: estaban al corriente de la Operación Greif. Mathias ya había tenido que responder algunas preguntas para poder cruzar un control en una barricada. Se las había apañado, y era una suerte que Hans no hubiera tenido que balbucear su pésimo inglés de Baviera.

Hicieron sentar a Mathias. Pike se aproximó y le observó detenidamente a través de sus gafas antes de hablarle. Mathias adoptó su más auténtico acento de Nueva Inglaterra, que encajaba con su físico y sus modales de buena familia, y enunció su falsa identidad: Mathew Rooney, 30.ª división de infantería, nacido en Boston, Massachusetts. Contó que su madre era de Quebec, cosa que explicaba que hablara fluidamente francés. Pike se relajó un poco y los cañones de los fusiles dejaron de apuntar a Mathias. Paquet aprovechó para descender al sótano. Jeanne y Berthe habían oído el jaleo y se sintieron aliviadas al ver llegar a Jules. Les dijo que el soldado que había traído a Renée había regresado y los norteamericanos le estaban interrogando. Jeanne se sobresaltó. Renée, que jugaba con Louise a la taba, oyó las palabras de Jules. Las encajó como una onda expansiva. Algo se crispó en su pecho y su corazón se detuvo. Había regresado, a pesar de que la granja estaba llena de americanos. ¿Por qué? ¿Por quién, más que por ella?

—¿Por qué le interrogan? —preguntó Berthe.

—Temen que pueda ser un falso americano.

—¿Cómo que falso?

El tono de Jeanne mostraba una excitación que no pasó desapercibida a su padre.

—Pues un alemán disfrazado de americano. Parece que hay muchos.

Se quedaron consternados. La maldad de esos cerdos era ilimitada. Jeanne le había visto. Y sabía que era de verdad. Mientras todos hablaban, Renée se dirigió a las escaleras. Caminó sin hacer ruido por el pasillo. La puerta de la cocina estaba entreabierta y Renée pudo ver a Mathias. Hablaba con tranquilidad, en inglés, con un aspecto que Renée no le había visto nunca, extremadamente distendido, y lucía una sonrisa particular; una sonrisa de gato, pensó Renée. Sus gestos eran más serenos, más ajustados. También su voz era diferente al hablar inglés, aún más grave y velada, con un matiz suave. Pero, sin duda, era su soldado.

Pike le había pedido a Mathias que recitara todas las provincias de Canadá, y Mathias obedecía, sin dificultad. Iba por Saskatchewan cuando vio a Renée. Había sentido, más que visto, la mirada oscura clavada en él desde el umbral de la puerta. Y dejó de hablar un momento, volviéndose hacia aquella mirada. Los soldados se volvieron a su vez para ver qué llamaba su atención. La puerta se abrió y Renée entró en la habitación. Se dirigió hacia Mathias y se detuvo a dos metros de él. No prestaba atención a los hombres armados alrededor de ellos. Mathias tenía un nudo enorme en la garganta. Decididamente, esa chiquilla le provocaba una sensación muy extraña y le obligaba a hacer cosas absurdas, como meterse en la boca del lobo. Sin embargo, no tenía importancia. Era más astuto que todos aquellos yanquis juntos, aparte quizá de su jefe, Pike, que no parecía ser tan gilipollas. Mathias prosiguió su letanía de provincias, mirando a Renée a los ojos: Nueva Escocia, Ontario. Casi murmuraba y parecía decírselas a ella, en ese momento, como si cada nombre tuviera el poder de tranquilizarla, de significar «Todo irá bien, ahora estoy a tu lado». Manitoba, Quebec, Alberta. La curiosa música de esos nombres exóticos desgranados por la voz profunda tenía en efecto el don de procurar serenidad y alegría a Renée. Los norteamericanos parecían seducidos por esa energía, esa especie de magnetismo que desprendían la niña y el soldado. Pike se decidió a romper la magia.

—Está bien, Mat. Lo siento, ya sabes que hay que ser muy prudente...

—No pasa nada —respondió Mathias, que había recobrado su sonrisa de gato.

Descendieron al sótano en fila india. Lo primero que Mathias distinguió en ese antro oscuro fue la mirada impertinente de la bella muchacha que le recibió en la granja dos días atrás. Estaba turbada, y ese azoramiento le contrarió. Mathias podía adivinar la tormenta que se había formado en la mente y en las entrañas de la joven al reconocerle. ¿Cuántos años debía de tener, diecisiete o dieciocho? Tenía un rostro agudo, obstinado, un poco cerrado, enmarcado por unos cabellos oscuros recogidos en un moño descuidado. Un cuerpo esbelto pero relleno, cuya potente musculatura se adivinaba bajo la carne untuosa.

Los soldados se acomodaron en su sótano. Mathias se sentó sobre la paja, al lado del herido en la cabeza que gemía quedamente, dormido. Dan se instaló a su lado y le dio la tabarra durante media hora. Mathias cabeceaba mientras el otro no dejaba de hablar, con su acento arrastrado y nasal, describiendo con detalle el desembarco en Normandía. Aún hablaba cuando Mathias se durmió.

En su sueño, se hallaba en un bosque boreal. Avanzaba envuelto por el viento del norte, el señor de los vientos, Chuetenshu, el que trae la caza. Y justamente Mathias se hallaba tras la pista de un alce; sus raquetas se hundían con profundidad en la nieve. Al llegar a lo alto de la colina, vio al animal apaciblemente apostado, pero algo no cuadraba: el animal le daba la espalda. Y a un animal no se le puede matar por la espalda. Tiene que hallarse frente al cazador y entregarse a este con un intercambio de miradas. Así debe tener lugar la muerte. Sin embargo, Mathias amartilló su carabina y apuntó. El animal se volvió lentamente. Un fuerte crujido llamó la atención de Mathias y volvió la cabeza. Cuando apuntó de nuevo, era Renée quien aparecía en la mirilla y no el alce. Renée se hallaba frente a él y le miraba con una expresión indefinible y viva. Wapamiskw, un gran cazador de la tribu de los cree, le explicó que a veces al cazador se le escapa la presa porque esta no está dispuesta a morir, porque es más fuerte que el cazador. En esos casos hay que inclinarse ante la vida y regresar a casa. En el pasado, las palabras del indio carecieron de sentido para Mathias. Ahora, sin embargo, sabía que así era. Y, de todas formas, el fusil de Mathias escupió una bala. Habría jurado que no había disparado... En el pecho de Renée crecía una mancha de sangre. La niña parecía sorprendida, y una inmensa tristeza dio paso a una expresión de incredulidad.

Despertó sobresaltado y sudando. La voz aguda de una criatura cantaba una cancioncilla: «Ya no volveremos al bosque, han cortado los laureles...». Volvió la cabeza y la vio. Acunaba a su muñeco, sentada contra Mathias. Sintió un inmenso alivio; quiso abrazarla, pero fue incapaz de hacerlo. La niña le sonrió.

—Tenías una pesadilla —dijo la chiquilla—. Hablabas.

Renée le miró como si se lo reprochara. ¿Había hablado en alemán en su sueño? Era posible. Miró al soldado herido en la cabeza que se hallaba a su lado; parecía sumido en una especie de coma. Por ese lado no había peligro.

—¿Nos quedaremos aquí? —preguntó Renée.

—Sí.

—¿Cuántas noches más dormiremos aquí?

—No lo sé —respondió Mathias.

Sus preguntas le irritaban. En la cabaña no había hecho preguntas de esas. Él estaba allí, así que no había motivo de queja. Y no podía hacer el petate y llevársela por las buenas. ¿A dónde irían? Por otro lado, sin embargo, tampoco podían esperar a que uno de aquellos yanquis descubriera la superchería o a que sus compatriotas llegaran a la granja. Era una situación inverosímil. No había salida. Mathias se dio cuenta de ello súbitamente. Renée tenía muchas más posibilidades de salir viva de esa guerra sin su colaboración. Sola en casa de Jules Paquet estaba más segura que en cualquier lugar con Mathias. Al volver al lado de ella solo se había dejado llevar por su instinto. Había actuado de forma completamente egoísta. Renée le miraba muy seria; sentía las dudas que lo agitaban. Apoyó la mano sobre su pecho, transmitiéndole su calor, su confianza. Pero él no era permeable. Se incorporó.

—Vete a jugar —le dijo muy seco.

Renée se levantó, se volvió y se marchó. Mathias se arrepintió y la llamó:

—¡Eh! ¡Renée! Intenta conseguirme café...

El rostro de la pequeña se iluminó y trotó alegremente hacia Jeanne, que estaba haciendo la improvisada cama de la vieja Marcelle. Apenas Renée dejó a Mathias, apareció Dan y se instaló en el lugar donde ella se había sentado. Parecía haber estado esperando la marcha de la chiquilla. Mathias había advertido la expresión del norteamericano, la crispación que se apoderó de él cuando Jeanne vio descender a Mathias al sótano. Al yanqui le gustaba la muchacha. Y a ella no le gustaba el yanqui. A Jeanne le gustaba Mathias. Era uno de esos casos que suelen acabar mal y que sumaba más complicaciones a una situación ya de por sí complicada. ¿Le gustaba Jeanne a Mathias? Él evitó preguntárselo.

—¿Dónde encontraste a la chiquilla? —preguntó Dan con una sonrisa.

—Me la dio un cura, en Stoumont.

Dan hizo una mueca de desconcierto, como si le resultara difícil asimilar la información. Acto seguido, examinó a Mathias con una expresión interrogativa, pero Mathias no le dijo nada más. Fue un error, puesto que la relación intensa y silenciosa entre Mathias y Renée, que ya despertaba curiosidad y aguzaba la imaginación, adquiría, con el misterio en el que Mathias la envolvía, el aspecto de un peligroso secreto. Dan cambió de tema.

—¿Así que desembarcaste en Normandía con la 30.ª?

—Sí, Mortain, la colina 314 y todo eso.

—¡Joder...! ¿Y cómo fue?

—Largo. Sobre todo al final.

Era una respuesta un poco escueta, pero hizo reír a Dan. Mortain era un lugar mítico. Los muchachos que salieron vivos de allí se habían convertido en héroes.

Hasta los alemanes estaban de acuerdo al respecto: cinco días aislados en lo alto de una colina, resistiendo los asaltos de la división Das Reich de las SS... Por eso los habían bautizado los «SS de Roosevelt». Para los presentes en el sótano, Mathias ya era un santo por haber salvado a la pequeña judía. Y Mortain le confería una aureola aún más fulgurante, casi cegadora. La mente aburrida y confusa de Dan no alcanzaba a decidir si tenía que adular a ese hombre o detestarlo. Jeanne se lo comía con la mirada, y no había que ser adivino para darse cuenta de que lo había convertido en un dios viviente. Dan examinó atentamente a Mathias: fumaba su cigarrillo con la mirada extraviada y parecía perdido en un lugar al que las personas como Dan jamás accederían. Decidió detestarlo.

El herido con turbante al lado de ellos empezó a toser, como si le costara respirar. Mathias se inclinó para verle la cara: estaba rojo y sudaba. Mathias indicó a Dan que le ayudara a incorporar al muchacho y lo instalaron más cómodamente, con el torso erguido para facilitarle la respiración. Y volvieron a sentarse.

—Tengo primos en Ottawa. Yo soy de Ohio. Mis padres tienen una granja —dijo Dan con una sonrisa casi infantil.

Mathias le miró, impenetrable. ¡Piedad! ¡Ese tipo iba a largarle la historia de su miserable infancia entre plantaciones de maíz y pollos escuálidos! Era algo que Mathias conocía al dedillo, y los tipos como él parecían salidos de

Las uvas de la ira. Y también era un ejemplo de la suficiencia de los estadounidenses biempensantes, uno de esos que no se sentaban al lado de un negro en el autobús, de los que pensaban que la masacre de los indios merecía la pena por un miserable pedazo de tierra y que creían ser el brazo armado de la justicia y de la libertad, la encarnación del bien. Nada en ese individuo inspiraba simpatía. Cuando Dan concluyó la recargada descripción de sus años vividos en la granja, que incluía el elogio del *old dad* alcohólico y violento y de la madre alelada debido a los golpes de sartén recibidos, comenzó a lamentarse de los habitantes de la granja de los Paquet, porque no demostraban suficiente gratitud hacia sus libertadores, «a todos nosotros, querido Mat, a los que nos han mandado a este lugar perdido para salvarles el culo de los alemanes». Mathias se limitaba a asentir vagamente con la cabeza. Dan estaba a punto de dejarle en paz; se disponía ya a ponerse en pie pero cambió de opinión, mirando a Mathias con una sonrisa irónica.

—¡Os habéis llevado el Grial a Montreal!

El Grial… ¿A qué se refería ese idiota? Mathias sintió un sofoco y se le humedecieron las manos. Su cerebro comenzó a funcionar a toda velocidad. Grial, Montreal. Tenía que comprenderlo, enseguida. La expresión de Mathias se mantenía impasible, había sido entrenado para ello, pero por dentro estaba en ebullición. Grial, copa… deporte. ¡Y de golpe le saltó a la vista! Ese gilipollas se

84

refería a la Copa Stanley, que los Canadiens de Montreal ganaron en abril. Pero ya era demasiado tarde y Dan había respondido en su lugar:

—La Copa Stanley, no me digas…

—Ah, sí, el hockey —dijo Mathias con desenvoltura, como si no le interesara demasiado.

—Richard es un héroe. ¡Menudo golazo! Habrá que erigirle una estatua en el bulevar Saint Laurent.

El yanqui le miraba con recelo. Jeanne y Renée llegaron con unas tazas de café humeantes.

—¡Ah, café! —exclamó Mathias de buen humor.

—No te hagas ilusiones —respondió Jeanne—, es achicoria.

—¡Cosas peores hemos visto en la guerra!

Jeanne se echó a reír. Dan la contemplaba con una frustración teñida de envidia. Le enfurecía ver a Mathias hacer reír a esa moza mientras que a él no le había dirigido ni una sonrisa. Renée tendió orgullosamente una taza a Mathias. Jeanne le dio una a Dan con tanta brusquedad que el líquido a punto estuvo de quemar al norteamericano.

Renée se hallaba cerca de los dos hombres. Jeanne avanzó ofreciendo café a los demás. Dan trató de aparentar normalidad alborotándole el cabello a Renée, que se apartó de él de inmediato y fue a sentarse en el escaso espacio libre que quedaba entre Mathias y el herido.

—Me pregunto una cosa, Mat —dijo Dan, cauto.

Mathias se limitó a volver la cabeza hacia él, mientras bebía su café. ¡Por Dios, qué desagradable era ese tipo! ¡Y esa forma de dirigirse a Mathias, como si hubieran criado cerdos juntos en su granja perdida! ¿Cuándo iba a dejarle en paz?

—¿Por cuál de ellas has vuelto? ¿Por la mayor o por la pequeña?

En el rostro de Mathias se dibujó una sonrisa de desprecio. Dan sonrió a su vez, con un mohín resabiado, un poco salaz; con esa cara que se pone entre amigotes al hablar de culos y tetas. Y, de repente, a Mathias se le quitaron las ganas de reír. Sintió asco. Si pudiera, restregaría la cara de Dan contra la pared de revoque rugoso a sus espaldas, como si rallara queso. Pero se encogió de hombros, con la mirada extraviada.

—Toe Blake fue el último en marcar —dijo en un tono despreocupado.

—¿Cómo? —preguntó el otro, despechado.

Mathias tomó un cigarrillo del paquete en su bolsillo, lo encendió y aspiró profundamente la primera calada. Dan seguía mirándole de manera estúpida.

—La estatua… en el bulevar Saint Laurent… Debería ser para él.

Mathias articuló con claridad, como si le hablara a un sordo.

—¡Qué tonto soy! Llevas razón, fue Blake.

Renée notó que Mathias había zozobrado en un momento dado, debido a esa Copa Nosequé. Tuvo mucho miedo. ¡Pero ahora le había dado un buen corte al Cascanueces! El muchacho a su lado se despertó, y le habló y le acarició el cabello. Renée le dejó hacer. No le gustaba mucho, pero al herido parecía agradarle. Mathias se puso en pie y fue a reunirse con el teniente Pike. Tenía razón, pensó Renée. Tenía que ganarse al jefe, en lugar de a Dan. Conversaban en el sótano de los civiles, sentados sobre unos sacos de patatas, tranquilos. Todo estaba en calma; Berthe y Sidonie jugaban a cartas. Marcelle se reía a veces, dejando ver el interior de su boca desdentada. A Renée le gustaba el ambiente de los sótanos pero sabía que debería marcharse. Su soldado, al que los norteamericanos llamaban Mat, había regresado para llevársela.

Jeanne se reunió con Pike y Mathias. Les hablaba, muy a gusto, gesticulando. Cuando acababa de hablar, Mathias traducía y Pike asentía sonriente. Y Jeanne proseguía. ¿Qué podía estar explicándoles? Renée observaba atentamente a Mathias, y solo ella percibía la forma más febril de llevarse el cigarrillo a la boca o el hecho de que se pasara más a menudo que de costumbre la mano por el cabello. A Renée no se le escapaba ni el más mínimo cambio en la actitud del alemán, y ni todos los años de entrenamiento para mantener el dominio perfecto de sí mismo podían impedirlo. Aquello no le gustaba a la chiquilla. Era peligroso, muy peligroso. No debían permanecer mucho más en la granja de los Paquet.

Y llegó la noche. Se instalaron en las camas hechas con paja y mantas, apretujándose unos contra otros para darse calor. Una vez apagadas las velas y las lámparas de gas o de aceite empezaron las toses y los carraspeos, los murmullos en la oscuridad y finalmente los ronquidos. El momento de acostarse siempre era especial: un momento de soledad y de sueños en vela, a menudo agradable para ella, pero a veces insoportable para ciertos niños, que lloraban durante mucho tiempo o sufrían pesadillas; unos minutos infinitos en los que uno siente crecer el miedo, que le oprime hasta provocar una sensación de ahogo; Renée había vivido eso en el castillo, después de la redada. Esta vez, se durmió con la mente en paz. Su soldado estaba allí, a pocos metros de ella.

Se despertó a media noche porque con aquella manta delgada tenía frío. Se levantó sin hacer ruido y pasó sobre los cuerpos tendidos por todas partes como sacos olvidados en el andén de una estación. Avanzó hasta el sótano «de los soldados» y se deslizó junto al cuerpo de Mathias. Dormía boca arriba, con un brazo apoyado sobre la frente. Se movió cuando sintió a la niña acurrucarse contra él; la criatura temblaba ligeramente. Esta vez no la rechazó. Se volvió de lado y la rodeó con el brazo. Oyó cómo su respiración se volvía lenta y regular. La niña dormía y emitía a veces ruiditos con la boca, húmedos maullidos de cachorrillo de gato. Mathias cubrió con la manta la espalda de Renée.

7

Mathias pasó varios días entre la vida y la muerte, acostado en la tienda de Chihchuchimash. De vez en cuando, salía del coma y veía a una mujer entrando y saliendo y a otra que le curaba la herida, con su rostro junto al de él y cuyo aliento le rozaba la frente ardiente; a veces era Chihchuchimash quien le velaba mientras bordaba una camisa. Cantaba una de esas monótonas melopeas que por lo general tenían el don de irritar a Mathias. A veces, al pasar cerca de los campamentos de caza, oía a los indios canturrear así y su perro, Crac, aullaba como un lobo y esa música singular parecía sumirle en una intensa melancolía. Los perros de los indios no aullaban, aunque quizá sintieran lo mismo. Mathias no podía evitar interpretar ese canto como un interminable lamento. Y tal vez lo fuera... Los pieles rojas tenían motivos para quejarse al Gran Manitú: vivían como en la prehistoria... Mathias no sabía nada acerca de esa gente ni de sus creencias. Y no quería saber nada al respecto salvo, por supuesto, algunos trucos de caza que se transmitían entre tramperos. Porque los indígenas sabían mucho de caza. Eso había que reconocerlo.

Tendido sobre una piel de oso, sin fuerzas y casi inconsciente, Mathias dejaba que la voz de la vieja india se insinuara dentro de él y le acunara. Las largas frases monocordes puntuadas por una especie de hipo le permitían agarrarse sin sufrir demasiado al hilo que aún le unía a la vida. Y Crac, tumbado día y noche junto a su amo, había decidido no manifestar su melancolía aullando a la muerte. Solo cuando el perro sintió que Mathias estaba fuera de peligro se permitió salir de la tienda a tomar el aire. Y el día en que Mathias recuperó la conciencia y la palabra, lo primero que reclamó fue a su perro. La vieja se frotó el vientre y le comunicó con una expresión siniestra que se habían comido al chucho. Mathias la creyó y se disponía a hacerla papilla cuando Crac entró en la tienda muy alegre. Así conoció Mathias a Chihchuchimash y a su pueblo. Tal vez vivieran aún en la prehistoria, pero ya tenían sentido del humor.

Mathias pasó un año entero entre los indios cree. Por primera vez en su vida se sentía relativamente sereno. «Sereno» tal vez no fuera la palabra apropiada, demasiado positiva para describir el estado psicológico habitual de Mathias, incluso en los períodos menos sombríos de su vida. Digamos que se sentía completamente liberado de las impresiones que le agitaban desde sus últimos años en Alemania, justo antes de decidirse a abandonar Berlín y viajar a Quebec, patria de origen de su madre. El hombrecillo triste y excitado que endiablaba al país entero deprimía a Mathias, y sería más exacto decir que Hitler no contribuía a que el joven se desprendiera del carácter desencantado y «de vuelta de todo» en el que descansaba su personalidad, una personalidad que se manifestaba con un comportamiento asocial que le valió a Mathias la ira y luego el rechazo de su padre, y unas horas detrás de las rejas en la comisaría de policía de Alexanderplatz.

Mathias se entregaba a todos los excesos que ofrecía el Berlín anterior al ascenso del nazismo. Era mujeriego, bebedor, pendenciero y jugador, y acumulaba todas las taras que el partido de Hitler se proponía erradicar de aquella pobre Alemania que entonces renacería de sus cenizas. En ese nuevo edén prometido por los nacionalsocialistas no había lugar para jóvenes como Mathias. Se lo repitieron *ad nauseam*, y acabó dándolo por sentado. Una mañana de enero, a pesar de la desesperación de su madre, huyó al Gran Norte.

Pero tampoco se sentía «en su lugar» entre los indios crees. Nunca había tenido la sensación de pertenecer a algo o a alguien, salvo tal vez a aquel bosque subártico que le acogió con la rudeza, la sinceridad y la belleza que le convenían. Se sumó a un pequeño grupo de cazadores y tramperos, aprendió el oficio con una desconcertante facilidad y luego se instaló por su cuenta, solo con un perro. Llevaba sus pieles al puesto comercial dos veces al año y vivía con poco, muy poco, en la fría soledad de un paisaje inalterado desde la noche de los tiempos que le ofrecía seguridad con esa inmutabilidad y con la escasa atención que parecía prestar a la presencia humana.

Mathias estaba equivocado. Los indios que lo albergaban sabían que esa tierra podía mostrarse muy hospitalaria y atender a los hombres si estos se tomaban la molestia de conocerla íntimamente y la respetaban. Mathias no era uno de esos. Como todos los blancos, cazaba sin discernimiento, sin demasiada compasión hacia el mundo animal y, en general, hacia todas las «personas no humanas» con las que se cruzaba en su camino. Entre estas últimas se contaban los crees, además de los animales, el mundo vegetal, las rocas, los ríos y los vientos. Cada uno de esos tipos de «personas» resultaba un interlocutor esencial en el destino de los humanos. Sin embargo, estos últimos no suscitaban mucho interés a Mathias. Solo Crac gozaba de lo que cabría calificar de empatía. Los habitantes del poblado cree no tenían muchas esperanzas de que Mathias cambiara un día de actitud, y menos aún de opinión acerca del mundo y sobre la caza en particular. Para ellos era como un *atuush*, uno de esos monstruos de los bosques, caníbales, destructores y esencialmente asociales. Solo Chihchuchimash se empecinaba en educarlo y sus esfuerzos no fueron del todo en vano. La vieja le adoptó en el momento mismo de su salvamento, cuando era muy probable que muriera. El único hijo de la india se ahogó pescando y se decía que el río un día le devolvería algo. Fue un blanco estúpido y malvado, y Chihchuchimash lo aceptó.

Así fue como Mathias se inició en la lengua de los cree, y en cómo practicaban la caza y las trampas, según una concepción que constituía la base de su visión del mundo y su sistema de creencias. Aprendió finalmente a vivir en una relativa paz con sus semejantes, pero sin ser plenamente consciente de ello. Cuando Chihchuchimash le decía que se liberaba de la piel del *atuush*, Mathias se reía. Dentro de él siempre había habido un monstruo y siempre estaría allí. Y ni todos los indios del mundo lo podrían cambiar. Finalmente los abandonó y regresó a la soledad de su cabaña de trampero. Y luego, en 1939, volvió a Alemania para participar en el banquete de ese otro monstruo devorador de hombres...

Renée murmuraba en sueños, pegada a Mathias, con el rostro oculto bajo la axila. Amanecía y a lo lejos recomenzaron las deflagraciones. El pequeño Jean sufrió un violento ataque de tos. Mathias oyó la voz del centinela en el patio; estaba acompañado. Había otros dos tipos que hablaban en inglés. Unos segundos más tarde, se hallaban en el sótano. Algunos civiles se despertaron refunfuñando; Renée volvió su rostro arrugado y unos ojos hinchados por el cansancio hacia Mathias. La niña tenía mucha resistencia, pero unas horas más de sueño no le habrían ido mal. Los recién llegados se cuadraron ante Pike. El más alto de los dos, que debía de medir cerca de dos metros, se veía obligado a inclinar la nuca para no darse con la cabeza contra el techo. Eran el cabo Robert Treets, de la 28.ª división de infantería y el soldado Giorgio Macbeth, también de la 28.ª. No se les hizo ninguna pregunta con trampa y Dan se sintió molesto. Pike le preguntó si había oído los «inverosímiles» nombres de los nuevos.

—Si fueran alemanes, no se hubieran inventado unos nombres tan tontos, ¿no crees?

—Salvo si los alemanes tuvieran sentido del humor —respondió Mathias.

El comentario provocó la hilaridad general, que se contagió incluso a Treets y Macbeth. Los muchachos habían escapado in extremis de una aldea rodeada por el enemigo y habían caminado hasta avistar la granja. Corría el rumor de que los alemanes no hacían prisioneros.

Su llegada no parecía ser del agrado de Jules, que se agitaba nervioso. Estaba cerca de Mathias y trataba de comprender lo que estaba ocurriendo allá afuera. Hubert, el guarda rural, se hallaba junto a Jules y asentía con la cabeza con movimientos bruscos.

—¿Han dicho que están por todas partes a nuestro

alrededor? —preguntó Jules a Mathias, que respondió afirmativamente con un movimiento de la cabeza—. Si los encuentran aquí, nos matarán a todos. Tienen que marcharse. ¡Voy a decírselo!

Jules no había empleado la segunda persona al hablar de los norteamericanos; había omitido, consciente o inconscientemente, mencionar a Mathias. ¿Se debía a que tenía alguna vaga sospecha o a una embrionaria intuición de una alteridad de Mathias, sin que la naturaleza de esa alteridad pudiera percibirse? Paquet era muy vivo y no hubiera sido algo extraordinario. Mathias le observaba. La cólera se apoderaba del granjero; ahora vociferaba a dúo con el guarda rural, que repetía como un loro cada palabra de Jules, muy serio. Hubert era un lameculos y un farsante. Mathias estuvo seguro de ello al ver la mirada que el guarda rural le dirigió mientras escuchaba a Jules; una mirada inquieta, una mirada de hipócrita.

Jules quería echar a todo el mundo.

—¡Es mi sótano! —gritaba como loco.

Los norteamericanos comenzaban a mirarle con desconfianza. Se estaban poniendo nerviosos. Mathias se llevó a Jules a un rincón y le explicó que el teniente Pike no dejaría que le pusiera de patitas en la calle, que tenía que calmarse, porque de lo contrario algunos soldados acabarían dándole una patada en el culo e imponiendo a los civiles una vida muy dura. Pike se aproximó a Jules y a Mathias, suspicaz.

—¿Qué dice? —preguntó a Mathias.

—No se siente seguro, teniente, dice que habría que organizar más turnos de guardia. Con hombres en mejores posiciones.

—¿Eso ha dicho? —insistió Pike, que aún no estaba convencido.

—Y si quiere mi opinión, lleva razón...

Pike miró a Mathias y a Jules, que había adoptado una expresión más afable. El teniente asintió con la cabeza, reflexionando acerca de lo que acababa de decirle Mathias, y acto seguido fue al fondo del sótano y dio órdenes a Max y a Dan. Mathias advirtió que Renée se había deslizado a su lado, como en otros momentos de tensión o cuando flotaba un peligro en el aire. La niña le asió la mano y miró a Jules. Esa chiquilla tenía verdaderamente algo especial, una cosa a la vez tranquilizadora e inquietante, un poco como Ginette... Sí, como Ginette cuando era joven y Jules era solo un chaval con pantalones cortos.

Ginette era «de otro fuste», como se decía en la región. Una muchacha guapa de ojos extraños, arisca y solitaria. Hija de gitanos. No se le conocía padre; y su madre la crio sola y se llevó el secreto a la tumba. Se decía que el padre era gitano y eso ayudaba a explicar los dones de curandera y de vidente que poseía Ginette. Era un poco «bruja», pero solo actuaba por el bien de sus semejantes, temía a Dios y se confesaba.

Hasta el día en que atendió a un niño que padecía tuberculosis y le prodigó sus curas a cambio de alojamiento y comida, como era costumbre con los curanderos errantes. Al día siguiente de la visita de Ginette, sin embargo, el chiquillo murió y, por alguna razón, los padres la hicieron responsable a ella, a pesar de que sabían perfectamente que el destino de su hijo no tenía vuelta de hoja: la tuberculosis era una enfermedad conocida y Ginette había sido muy clara respecto a las posibilidades del enfermo. Sin embargo, se decidió que lo había «embrujado». El rumor se extendió por la región y Ginette se instaló en una choza junto al bosque donde vivía, con lo poco que necesitaba, de la caza furtiva, dos o tres gallinas, las verduras que cultivaba y lo que las pocas personas que aún iban a consultarla tenían a bien darle en pago.

Jules Paquet siempre había cuidado de que no le faltara de nada, pero Ginette era demasiado orgullosa para aceptar algo, salvo cuando Jules le pedía que curara a sus animales. Al empezar la batalla de las Ardenas, el granjero la obligó casi a la fuerza a refugiarse en la granja. La vieja curandera no estaba muy segura de que en ese sótano repleto de norteamericanos fuera a prolongar su vida unos años más. Hubiera estado más tranquila en su casa, con sus dos gallinas viejas. Sin embargo, la llegada de la niña y del soldado «canadiense» la intrigaba mucho. Sentía una singular simpatía por la chiquilla y casi lo mismo hacia su protector, pero por razones muy diferentes.

Jules evitó la mirada de Renée y se encontró con la de Ginette: debía de estar observándole desde hacía varios minutos. ¡Menuda era la vieja! Jules y Ginette no necesitaban hablar para entenderse: si Jules permanecía cerca de los soldados, aquello podía empeorar. La última vez que abrió su bocaza acabó a tortazos con dos alemanes, y poco faltó para que incendiaran la granja... Jules tomó a Hubert de los hombros y le condujo al otro sótano. A fin de cuentas, esos yanquis no iban a instalarse para siempre en su casa; no habían dejado sus hogares para eso. Estaban allí para liberarlos. Ofrecían su juventud y su salud para que los malditos alemanes regresaran a su casa con la cola entre las piernas. ¡Eso había que tenerlo presente! Aunque los norteamericanos tuvieran unos modales toscos y a pesar de las ganas que tenía Jules de moldearle la barbilla a Tarzán, había que tenerlo presente.

Los soldados conversaban animadamente alrededor de Treets y de Macbeth. Treets sacó el *London Times* de su bolsillo. Era del miércoles 20 de diciembre. Se hablaba de ellos, y en primera página. Treets leyó en voz alta:

—Ofensiva alemana en las Ardenas...

—¿Las Ardenas? —preguntó un soldado raso que aún debería estar sentado en el pupitre de una escuela.

En lugar de eso se encontraba en medio de las malditas Ardenas, como le explicaron, en el culo del mundo, y si tenía la suerte de vivir para contarlo ya siempre sabría situarlas en un mapa.

Treets prosiguió la lectura:

—Cerca de Saint Vith han tenido lugar violentos combates entre la tristemente célebre división Adolf Hitler de las SS y una división blindada norteamericana. Los soldados aliados que se rindieron, incluidos los heridos, fueron ametrallados por las SS.

Silencio. Los soldados evitaron mirarse a los ojos. Algunos encendieron un cigarrillo. Mathias observó a aquellos pobres chicos que de repente se morían de miedo. Miedo, un miedo terrible. Los nazis eran los maestros indiscutibles del espanto y su sentido de la puesta en escena no tenía parangón a lo largo de la historia, aunque Mathias no fuera un genio en historia. Asesinar a los prisioneros era muy propio de Peiper y Mathias le imaginaba en esas horas sombrías confiado en conjurar el destino mediante sacrificios e interpretando a la perfección su papel en *El crepúsculo de los dioses*.

—¿Os habéis encontrado con infiltrados? —preguntó Macbeth.

Todos menearon la cabeza en señal de negación. Mathias sintió un ligero júbilo. No había logrado deshacerse completamente de esa embriaguez que había hecho funcionar su motor durante años. Renée se arrimó más a él.

—¿Y vosotros? —preguntó Pike.

—No —respondió Treets—, pero sé que pillaron a tres de ellos por una estupidez. ¡El alemán no sabía quién era Joe DiMaggio! Al día siguiente, los fusilaron a los tres.

Todos soltaron algún comentario. ¡Esas ratas se lo merecían! ¿Acaso creían que podrían escapar? ¡Malditos alemanes! *Fucking Fritz!* Cuando se les acabaron los insultos y la energía para eructarlos, se hizo de nuevo el silencio.

—¿Y sabéis qué dijeron cuando les preguntaron sus últimas voluntades?

De haber podido hablar, Mathias hubiera acertado la respuesta: «¡Larga vida a nuestro Führer Adolf Hitler!», que Treets clamó haciendo el saludo hitleriano. Pero aquello no hizo reír a nadie. Solo Mathias estaba de un humor guasón porque se preguntaba si en circunstancias semejantes también él hubiera repetido como un loro esa estúpida fórmula. Como un viejo reflejo. A falta de otra cosa. O simplemente para reír por última vez.

Recordó el día en que prestó juramento a las SS al entrar a formar parte de la unidad Friedenthal. Skorzeny le había estado persiguiendo durante meses y Mathias acabó cediendo, abandonando la ilusión de creerse menos sucio al no lucir el doble rayo. Todo aquello, sin embargo, ya era irrelevante. Renée le miró un instante. Pike acababa de hacerle una pregunta a Mathias que este no oyó. La niña le llamaba la atención.

—Y tú, canadiense, ¿qué opinas? —preguntó Pike por segunda vez.

—Que es muy propio de los alemanes —respondió Mathias.

—Y contrario a las leyes de la guerra —afirmó Pike, ofendido.

¡Si supiera, el ingenuo teniente Pike, lo lejos que estamos de la propia noción del respeto a las leyes de la guerra! Ya hace tiempo que se han superado unos límites irremisibles. Esperad a ver Auschwitz o Sobibor...

Mathias le explicó a Pike que no estaba pensando en las leyes de la guerra. Lo que en realidad quería decir era que, para los nazis, solo contaban los resultados y el fin justificaba los medios. Pike pareció meditar acerca de la respuesta de Mathias. Este último estaba satisfecho: por lo menos, por una vez no había mentido. Treets siguió leyendo las columnas del *Times*; de repente abrió unos ojos como platos y pareció que se le desencajaba la mandíbula.

—¡Mierda, tíos! —exclamó—. ¡Ha muerto Glenn Miller!

—Vamos, Treets, no digas burradas —respondió Macbeth, creyendo que se trataba de una broma.

—¡No, os lo juro! Su avión se estrelló entre Londres y París.

Los soldados se miraron, incrédulos. Cuando asimilaron la noticia, sus pechos oprimidos exhalaron un suspiro. Algunos se santiguaron. Dan tenía lágrimas en los ojos. Glenn Miller no estaba mal. Era espontáneo, muy «blanco» y formal. No era uno de los mejores, pero aquellos muchachos parecían venerarlo como si fuera el dios del swing. Mathias se alegró de que no fueran Count Basie o Billie Holiday quienes hubieran estirado la pata. Pero no había ningún peligro de que uno de esos dos sobrevolara el canal de la Mancha para ir a remontar la moral de las tropas.

Jack, el joven soldado que no era muy ducho en geografía, entonó «In the Mood», y todos se le sumaron, chasqueando los dedos:

> *Who's the loving daddy with the beautiful eyes*
> *What a pair o' shoes, I'd like to try 'em for size*
> *I'll just tell him, «Baby, won't you swing it with me?»*

Incluso Mathias canturreaba, y le gustaba, mucho más que la última vez en la que tuvo que hacer gala de su talento vocal entonando «Le chant des partisans». Afortunadamente se sabía la letra de «In the Mood», porque allí todos la conocían y, canadiense o no, no hubiera causado buena impresión que se equivocara en alguna estrofa. Dan cantaba a grito pelado sonriéndole a Mathias. Sonreía pero, como decía Chihchuchimash, «sus ojos decían una cosa y su boca otra».

> *In the mood, that's what he told me.*
> *In the mood...*

8

Jules jugaba a cartas con tres soldados. Al granjero le resultaba difícil mantener un tono de voz discreto y su esposa le ordenó que cerrara la boca. Sidonie conversaba animadamente con Macbeth, que le mostraba fotos de su familia ante las que la mujer profería exclamaciones de éxtasis acompañadas de los habituales: «¡Qué pollita tan bonita! ¡Qué canija tan maja!». La vieja Marcelle murmuraba para sus adentros balanceando su cuerpo abrigado adelante y atrás. Berthe le puso con ternura una mano sobre el hombro.

—¿Estás bien, Bobone? —le preguntó.

—Nanay. ¡Cómo voy a estar bien con el buche vacío!

—Tenemos que esperar hasta la noche para la sopa y el pan de avena —respondió Berthe con firmeza.

—¡No quiero sopicaldo ni ese pan para el ganado! —exclamó la vieja, visiblemente fuera de sí—. Tengo tanta hambre que me comería a un viejo.

Habló en voz tan alta que todos interrumpieron sus actividades y miraron en su dirección. Renée, que jugaba con Louise con las palmas de las manos cantando «Guillermo, mo, mo, el hombre malo, lo, lo...», se quedó inmóvil un instante, con las manos arriba, y luego se echó a reír, y enseguida se le sumó Louise. Jules fue el primero en imitarlas, palmeando a sus perplejos compañeros de partida en los muslos y los hombros. Mathias contemplaba a los civiles riendo. Tampoco él comprendía lo que estaba ocurriendo. Empezaba a entender un poco el valón, pero la vieja había hablado demasiado deprisa como para adivinar el sentido de sus palabras. La alegría de Renée era tan intensa que Mathias se sentía desconcertado. Ese aspecto de la niña aún le resultaba extraño. Y eso era también la vida, aquella extraordinaria pulsión que habitaba en Renée en cualquier circunstancia.

—¡Por Dios, menuda ocurrencia, Bobone! —declaró Jules, sin poder reprimir palmear amistosamente una vez más la rodilla del soldado sentado a su derecha.

Renée tradujo a Mathias lo que había dicho Marcelle en valón. La imagen era deliciosamente absurda, graciosa y desconcertante, como las gentes de aquella región, pensó Mathias.

En el fondo, lo que impedía que los nazis llegaran a convertirse en los amos del mundo era su absoluta carencia de sentido del humor. Y, correlativamente, su incapacidad para reírse de sí mismos. Aunque sobre el pueblo judío hubieran recaído todas las taras posibles e imaginables, y a pesar de lo que pudiera pensar el Führer, aquel tenía una incontestable superioridad sobre la raza germánica. En el ojo del huracán que los engullía, en las situaciones más infernales, los judíos seguían haciendo gala de su humor negro; Mathias había oído chistes que circulaban en los guetos del este, e incluso en los campos. Unos chistes que mostraban el exterminio con una escalofriante ironía.

Mathias no apreciaba particularmente a los judíos, pero tampoco tenía nada contra ellos. Los conocía muy poco y, como tenía por costumbre no fiarse más que de aquello que había experimentado, simplemente no tenía una idea concreta al respecto. Y, de todas formas, el destino de los judíos no era asunto suyo. En cualquier caso, lo que era seguro era que Hitler no dispondría de tiempo para erradicarlos del planeta y que al cabo de cincuenta años aún habría judíos por todas partes que obsequiarían al mundo unas carcajadas. Sin embargo, no sería en Alemania donde más se reiría porque allí por lo menos el Bigotudo había logrado su objetivo.

Renée y Louise habían retomado el juego de manos y la canción de Guillermo, el hombre malo que se comió a tres millones de hombres, y de su mujer, la emperatriz, que era la reina de las salchichas. Ese Guillermo solo podía ser el emperador de Prusia de la Primera Guerra Mundial, el mismo que fuma en pipa a lomos de un cerdo en otra tonadilla del mismo estilo. Esas eran las cosas que a buen seguro no les hubieran parecido divertidas a los nazis.

La voz ronca de la vieja Marcelle resonó de nuevo en el sótano: tenía que «aliviarse». Por las risas que se oyeron de nuevo, Mathias concluyó que quería ir al baño. Berthe y Jules la ayudaron a subir la escalera. Y Jeanne fue a sentarse junto a Mathias. La muchacha parecía cansada, nerviosa e irritable. No estaba hecha para esa vida subterránea. Su cuerpo fornido y vigoroso estaba concebido para las actividades al aire libre. Se pasó una mano por el cabello para intentar dominarlo, en vano. Varios mechones le caían sobre la frente y las sienes, por las mejillas y el cuello.

—Ay, los viejos... —dijo la joven—. ¿Tienes abuelos?

—Mi abuela materna. En Quebec.

—¿Aún la ves?

Mathias no se sentía cómodo. Jeanne le contemplaba con una mezcla de curiosidad y de indisimulado deseo. Su falda dejaba ver las rodillas y el inicio de los muslos. Desprendía un agradable olor a heno, a mantequilla fresca, a establo, un buen aroma a granja. Y detrás de ese olor, algo solo suyo, una mezcla de transpiración, de sexo y de piel.

No, ya no veía a su abuela. Para ser precisos, ya no veía a nadie de su familia: ni al gilipollas de su padre, ni a su madre, ni siquiera a su hermana, Gerda, que se había casado con un oficial de la división Totenkopf y criaba a sus tres hijos en una villa colindante con uno de los campos de concentración, no recordaba exactamente cuál.

—¿A qué te dedicas? —preguntó Jeanne.

—¿A qué te refieres?

—Como oficio.

De repente le apeteció decirle la verdad. Me dedico a matar a gente, miento, me disfrazo, en realidad soy alemán. Alzó hacia ella sus ojos fríos. Por lo general, esa mirada ponía nervioso a todo el mundo, pero no a Jeanne; su boca se entreabrió con una sonrisa que era como un desafío y una invitación. Un poco de saliva perlaba sus dientes. ¿Se daba cuenta de lo que expresaba? ¿Dónde se estaban metiendo?

—Como oficio... era trampero.

Jeanne hizo una mueca que indicaba que no sabía a qué se refería. Mathias se lo explicó. La vida solitaria, el bosque, la caza, las pieles. Jeanne abrió unos ojos como platos. Apoyó el mentón en su mano y sus rodillas se balanceaban de izquierda a derecha como las de una chiquilla. Se había despojado repentinamente de su actitud descarada. Prestaba atención a cuanto Mathias le explicaba, maravillada e interesada. Y ella le azoraba enormemente.

El hermano de Jeanne, Albert, se unió a ellos y los escuchaba mientras jugaba con un boliche.

—¿Y en tu país hay indios? —preguntó.

—Sí —respondió Mathias.

—Son malos, ¿verdad?

—No. ¿Quieres saber la verdad?

El chiquillo asintió con la cabeza, desconfiado, y siguió jugando, mirando a Mathias de reojo.

—Los malos son los vaqueros —dijo Mathias.

¡Anda ya, los vaqueros! Menuda tontería. Ese canadiense era un paleto. Muy diferente de los otros, de los auténticos americanos. Albert se preguntaba qué podía ver en él su hermana. Era alto y fuerte, pero tenía cara de… «cara de dos caras». Albert le había oído hablar un día en sueños y lo que farfullaba no era ni francés ni americano. Albert se lo comentó a su padre y recibió un bofetón, así que no valía la pena ir a contarle el disparate que acababa de oír, eso de que los malos eran los vaqueros. Pero no iba a olvidarlo; o se lo contaría a uno de los vaqueros. Precisamente a ese que su padre llamaba Tarzán y que no parecía sentir mucho aprecio por el canadiense.

Louise se fue a otro rincón del sótano y Renée la siguió, pero cuando Louise se sentó en el regazo de Marcelle, Renée ya no supo a dónde ir. Y Ginette le hizo señas para que acudiera a su lado.

—Yo también tengo un viejo regazo para las niñas —dijo.

Y René se instaló cómodamente contra la anciana. Ginette la rodeó con sus brazos y le cantó una canción.

Así que su soldado era una especie de hombre de los

bosques, que cazaba en el monte y vivía solo, con su perro. Aquello le pareció de lo más natural, como si siempre lo hubiera sabido. Pero no se lo había contado a ella. Se lo había dicho a Jeanne. Y por vez primera en su vida, Renée sintió celos. Sin embargo, no era posesiva. La distancia que guardaba entre ella y el mundo y la vida incierta que llevaba no se amoldaban a ese deseo de absoluta exclusividad, acompañado a menudo de una profunda desconfianza hacia los sentimientos del otro y de una pobre autoestima, dos rasgos de carácter que no le correspondían a Renée. Las manifestaciones de celos que había observado en los otros le causaban perplejidad. Aprovechaba las cosas buenas que algunos de sus semejantes estaban dispuestos a darle, y había aprendido que eso variaba mucho en función de las circunstancias y del humor del momento. También podía cesar de un día para otro, como cuando se veía obligada a dejar un lugar para trasladarse a otro. Renée se protegía muy eficazmente de la arbitrariedad de la existencia y de la inconstancia de los hombres viviendo el momento presente con intensidad, como si fuera el último. En esa manera de estar en el mundo no tenía cabida un sentimiento tan inútil y parasitario como los celos. A pesar de ello, este se había labrado un camino hasta su corazón y la sumía en un sufrimiento nuevo que no sabía cómo aplacar. Renée no dudaba de los sentimientos de Mathias hacia ella, simplemente no deseaba compartirlos, aunque fuera con una chica que despertaba en él una forma muy diferente de seducción. Y que tal vez tuviera el poder de apartar al alemán de ella.

El chiquillo de Françoise tosía tan fuerte que parecía que se le arrancaran los pulmones. Sus accesos de tos eran muy violentos y lloraba entre uno y otro. El silencio reinaba en el sótano. Todas las miradas se volvían hacia el chaval. Berthe, que se sentaba junto a Françoise, le dijo algo al oído mirando a Ginette.

—¡Ni hablar! —exclamó Françoise—. No quiero saber nada de sus cuentos de «bruja».

Berthe dirigió una sonrisa compungida a Ginette, que la había oído perfectamente, como todo el mundo. Jules se levantó y se aproximó a Françoise, enojado.

—¿Acaso quieres que tu hijo se muera?

—¡Quiero un médico!

—No seas tan burra, Françoise, que la avena es cara. Tienes suerte de que Ginette esté aquí, quizá pueda hacer algo por el crío. Déjala. De todas formas, ¡no puede ir a peor!

—Le ha curado la herida al soldado —aventuró el tío Arthur.

—¿Y con qué? Con miel... —añadió Sidonie.

Pero de nada sirvió. Françoise seguía empecinada. Acunaba a su hijo con una energía que rozaba la histeria. El chiquillo intentaba tomar aire, pero apenas lo conseguía, obstaculizado por las flemas que le obstruían los bronquios. Una especie de ronroneo sacudía su caja torácica. Renée se volvió para ver el rostro de Ginette; esta miraba hacia Françoise, pero su mirada parecía atravesarla y ver más allá de ella, de todo lo que poblaba el sótano. Renée se acomodó de nuevo contra la anciana.

—¿El pequeño Jean se va a morir? —preguntó Renée.

—Aún no —respondió la curandera.

Renée vio que Mathias estaba solo y fue junto a él. Se sentó a su lado, en silencio. La niña parecía fatigada y cabeceaba. Él la abrazó y ella se dejó ir. Se durmió, con la cabeza sobre su regazo. Mathias puso una mano vacilante sobre su cabello; era suave, espeso y brillante, agradable al tacto, y olía bien. Se abandonó al placer de deslizar los dedos entre sus rizos y sentir cómo se le escapaban los mechones sedosos y resbalaban de inmediato de nuevo a lo largo de sus falanges. De repente, Mathias soltó los rizos de Renée como si ardieran y se liberó del cuerpo de la niña. Abandonó el sótano y fue a relevar al soldado de guardia, que se alegró de abandonar su puesto antes de lo previsto. Le pareció que Mathias estaba inquieto, pero no hizo preguntas.

Mathias no había comprendido en absoluto qué había provocado esa violenta reacción mientras acariciaba el cabello de Renée. Sufría ahora un abominable dolor de cabeza; los ojos se le enturbiaban de dolor y sus sienes parecían a punto de estallar. Algo emergía dificultosamente de su memoria: una imagen. Entre muchas otras.

Unos cabellos. Unos cabellos de mujer, de una chica, quizá incluso de una niña, era imposible afirmarlo. Una cascada de cabellos negros, rizados, relucientes, apilados sobre otras melenas, sobre incontables melenas femeninas.

Y de repente lo recordó. Había ido al campo de Sachsenhausen con Skorzeny, como hacía de vez en cuando, para probar municiones. El campo estaba a solo unos kilómetros del castillo de Friedenthal, y era muy práctico. Esa vez iban a probar varios modelos de pistolas silenciosas. En una habitación concebida a tal efecto se introducía a un prisionero al que se le hacía creer que iban a medirle. Por lo general, el tipo no estaba muy convencido pero, finalmente, al no tener elección, se instalaba de espaldas a una vara de medir colocada en la pared. Allí había un agujero justo a la altura de la nuca. Solo había que introducir el cañón del arma y, ¡bang!, el tipo caía muerto. A Skorzeny le gustaba poder experimentar sus armas y municiones con blancos vivos, pues evidentemente los resultados eran más fiables. Las primeras pruebas no fueron muy bien porque, a pesar de las órdenes de Caracortada, los imbéciles de los guardias habían hecho funcionar el gramófono que habitualmente servía para tapar el ruido de los disparos. Así mataron a cuatro presos bajo los estruendosos acordes de la sinfonía *Heroica* de Beethoven. A los disparos seguían los gritos de Skorzeny: «*Schritt der Musik, Dummköpfe!*». Los guardias acabaron obedeciendo y se obtuvieron mejores resultados con los siguientes prisioneros. Todos estaban de acuerdo: la pistola de fabricación inglesa, un calibre 7,5 de un solo disparo, era la más discreta.

Antes de marcharse, les invitaron a tomar una copa con el comandante. Y fue al cruzar de nuevo el campo cuando pudieron ver un enorme montón de cabellos descargado de un camión en medio de un patio. Sachsenhausen era el lugar donde convergían todas las mercancías requisadas a los deportados en otros campos del Reich. Sin embargo, a Mathias le sorprendió ver allí cabellos. ¿Qué podía hacerse con ese material? Una cascada rizada y oscura, alzada por una ráfaga de viento, se estremeció sobre la pila y se desplazó con la agilidad de una ardilla. Parecía una materia aún animada, palpitante de vida, ágil y que captaba maravillosamente la luz. Mathias se quedó mirando fijamente la cabellera dos o tres segundos. Empezó a llover a cántaros y enseguida pareció un amasijo de algas pegajosas. Mathias abandonó el campo y no volvió pensar en ello.

El cabello de Renée hubiera podido hallarse en una pila como la que Mathias había visto. No unos cabellos cualesquiera, de cualquier niña. No. Los de Renée, en medio de los cabellos de otras personas. Y esas otras personas también podían ser Renée... Era vertiginoso, inconcebible. Pero una vez aprehendida, integrada por la conciencia, esa evidencia se hacía insoportable. Mathias presintió que era eso, o algo parecido, lo que arrollaba a ciertos soldados y les enloquecía. Los de los *Einsatzgruppen** a los que de repente se les cruzaban los cables después de matar a centenares de mujeres y niños que se amontonaban en fosas; los pilotos de cazas que no lograban dormir, obsesionados con los cadáveres de los civiles yaciendo sobre su propia sangre después de sus mortíferos descensos en picado. Esos tipos no eran muy numerosos, pero sin duda también un día se quedaron pasmados ante una imagen, el fulgor de una visión. Las convicciones ideológicas, el odio racial, la obediencia aprendida a base de garrotazos y de patadas en el culo, la pasión demencial por el Führer y la fe en la victoria se desmoronaban de golpe a causa de una cosa pequeña, completamente anodina y apenas entrevista pero que, una vez almacenada en un oscuro espacio de la memoria, reaparecía un día y les estallaba ante sus narices como una bomba.

Mathias aún no estaba dispuesto a enloquecer. No estaba hecho para eso. Acababa de recibir un fuerte golpe, pero se recuperaría. No había sido formado en el frenesí nacionalsocialista y, sin embargo, había aceptado tácitamente todos sus absurdos para llevar a cabo su trabajo como soldado. Tenía «un pie dentro y otro fuera», decía Skorzeny, y esa especie de libertad le otorgaba una dis-

---

* Grupos de intervención móviles encargados del asesinato de las personas consideradas enemigos políticos o raciales del régimen nazi, en particular los judíos. *(N. de la A.)*

tancia, una visión de las cosas que compartía con contadas personas, esencialmente miembros de los comandos de Brandeburgo en los que sirvió de 1939 a 1943. Mathias pertenecía a la compañía de los anglo-francófonos, pero la mayoría de esos soldados de élite eran eslavos o *Volksdeutschen** porque, para infiltrarse en el este, tenían que hablar la lengua del enemigo y conocer sus tradiciones y costumbres. Esos tipos, esos «héroes» venerados por el ejército regular y envidiados por Himmler, eran considerados, en realidad, representantes de una subraza. Trabajaban, sin embargo, para el Reich, en favor de la expansión del *Lebensraum*,** que una vez conquistado no les depararía nada bueno. Era una de las múltiples paradojas de la ideología nazi o, más apropiadamente, de aquel fárrago incoherente, seudocientífico y supersticioso en el que se basaba el nazismo.

Mathias había participado en alguna ocasión en misiones en el este. A pesar de su escaso conocimiento de las lenguas y culturas de esas regiones, sus capacidades físicas e intelectuales eran apreciadas. Una noche, durante la operación Rösselsprung, dirigida por Skorzeny y

---

* Termino que designa a las poblaciones residentes fuera de las fronteras de Alemania, pero que se definen étnica y culturalmente como alemanas. *(N. de la A.)*
** Espacio vital conquistado principalmente en territorios del este de Europa, destinado a garantizar la supervivencia del pueblo alemán y su crecimiento en la pureza racial. *(N. de la A.)*

con la que se pretendía asesinar a Tito, un amigo yugoslavo integrado como Mathias en las Friedenthal le dijo:

—Si te das cuenta, nosotros, los eslavos, nos jugamos el culo para darles a los alemanes un espacio vital mientras Hitler solo tiene una idea en su cabeza: matarnos, al igual que a todos los demás que no son arios puros... A fin de cuentas, no somos muy diferentes de esos judíos que cavan su propia tumba antes de que los maten. Hay que ser muy gilipollas para hacer lo que hacemos, ¿no crees?

—No —respondió Mathias—, basta con ser cínico.

Mathias consideraba la locura asesina como uno de los impulsos más sinceros y constantes de la naturaleza humana. En Yugoslavia precisamente, en aquel Estado croata recién independizado y gobernado por un loco peligroso que nada tenía que envidiar al del «bigote y la camisa parda», se asesinaba en masa a los serbios y a los musulmanes del país, además de a los judíos y gitanos como era habitual. La manera difería de la de los alemanes, puesto que no había una preocupación excesiva por la limpieza y la discreción y, en cambio, se priorizaba la economía: miles de personas eran degolladas a cuchillo. Mathias se preguntó cómo era posible masacrar a tanta gente de una forma tan poco práctica. Obtuvo la respuesta cuando observó el arma utilizada por los verdugos: una hoja curvada fijada a una vaina atada a una muñequera. Una solución muy ingeniosa para evitar la tendinitis. Una vez degollados, los cuerpos eran arrojados a ríos o barrancos y los cadáveres eran arrastrados poco a poco a cientos por la corriente o se pudrían al aire libre. A los alemanes les pareció de mal gusto. Además, así se podía contaminar el agua de una población eventualmente destinada a vivir, por lo menos durante cierto tiempo. Pronto se resolvieron esos problemas gracias a la construcción de campos de exterminio brillantemente dirigidos por locales.

Y así era como los yugoslavos se mataban entre ellos alegremente, ahorrándoles el trabajo a los alemanes. Con el tiempo, toda esa calaña balcánica sería «liquidada» en parte o puesta al servicio de la economía del Reich. Después de los eslavos, les llegaría el turno a los mediterráneos y luego a los negros.

Cabía preguntarse cuándo acabaría esa búsqueda de la pureza de la sangre... Cuando ya solo quedaran arios puros aún se les buscarían las cosquillas: habría algunos de nariz demasiado larga, otros con piernas demasiado cortas, o con varices, acné o pelos en el culo.

Una lluviosa noche de 1931, Mathias se dejó convencer por un tipo, al que había conocido en un bar en la Sociedad ariosófica de Berlín, para asistir a una conferencia sobre las teorías de un monje que había colgado los hábitos, un tal Liebenfels. Los dos estaban un poco borrachos. Una vez en la sala de conferencias, sin embargo, Mathias recuperó la sobriedad de golpe: el tipo bajito que se hallaba en el estrado explicaba con la mayor seriedad que la raza aria descendía de entidades divinas que se engendraban mediante electricidad. Todo funcionaba de maravilla hasta que algunos sublimes arios se dejaron seducir por... monos. Unos monos sodomitas, precisó el conferenciante, elevando el tono y alzando un dedo. No se sabía muy bien de dónde salieron. Aparecieron, sin más, para tentar a los superhombres.

—Esto no es muy creíble —murmuró Mathias a su vecino—. Nietzsche estaría contento.

El vecino, sin embargo, parecía absorto en las palabras del orador y le dirigió a Mathias una mirada asesina. El conferenciante proseguía. Esos emparejamientos de superhombres con monos sodomitas dieron a luz unas razas humanas más o menos puras, que habían perdido su poder original. Los judíos, por supuesto, se hallaban a la cabeza de esos linajes degenerados. Mathias alzó la mano para comentar que la procreación mediante sodomía era imposible. Le obligaron a callar y las burradas que el tipo del estrado siguió profiriendo le sumieron lentamente en un sueño profundo.

Después de la liquidación de las subrazas, se decía en la actualidad Mathias, bastaría retomar esos delirios místico-racistas, entre otros, para arrojar nueva luz sobre los arios puros y llevar a cabo una última selección. Se acabaría preguntando quién tenía bisabuelos monos sodomitas. Y un día ya no quedaría nadie. El ogro se habría devorado a sí mismo. Ese era, en el fondo, el ideal nacionalsocialista: aniquilar a la humanidad. Era una verdadera filosofía, de una sencillez y una sabiduría desconcertantes.

En su puesto de guardia a pocos metros del porche de la granja de los Paquet, Mathias encendió un quinto cigarrillo y se puso a caminar de un lado a otro para entrar en calor. Detrás de las volutas de humo que evolucionaban ante su rostro, distinguió algo que se movía en el camino. Tres personas. No, cuatro: dos adultos y dos niños. No eran soldados. Dejó que se acercaran. Un tipo bajito y saltarín se dirigía a su encuentro haciendo señales con la mano. Al individuo le seguía un hombre visiblemente fatigado, flanqueado por dos niños que le daban la mano. Mathias los acompañó al sótano.

—¿Ha llegado más gentío? —preguntó Marcelle a voz en grito.

—Sí, Bobone, ha llegado gente —respondió Berthe—. Son el profesor Werner, con Philibert. Y también Charles Landenne, el hijo del tendero, y Micheline Biron.

Acogieron a los recién llegados con café caliente y mantas. Werner explicó cómo los alemanes habían obligado a hombres, mujeres, niños y ancianos a abandonar su pueblo y a caminar campo a través durante horas, encañonados por soldados hasta que, de repente, los abandonaron en medio de la nada. Werner y los niños siguieron avanzando, sin saber demasiado hacia dónde. El relato del maestro de escuela se veía interrumpido a menudo por los lloros de Micheline, de ocho años. A pesar de las palabras y los gestos de dulzura de las mujeres que la rodeaban, a pesar del calor y de la escasa comida, no había manera de consolar a la chiquilla.

—Micheline perdió a su familia en un bombardeo... —explicó Werner.

Sidonie intervino:

—¡No hay que hablar de esas cosas delante de la chiquilla!

—No hay que andarse con misterios —replicó Werner—. La niña lo sabe. Estaba en casa de los vecinos y eso la salvó. Hemos tenido suerte de encontrar a Philibert. Él nos ha guiado por el monte, desde La Gleize.

Felicitaron a Philibert. Estaba muy colorado, y no se sabía si era debido al frío o a los cumplidos. El chico debía de tener unos veinte años, y era bajo, delgado y enérgico. Parecía que en la granja le tenían en mucha estima, sobre todo los chiquillos, que revoloteaban a su alrededor.

—¡Muchacho, eres el rey de los bosques, de verdad! —exclamó Jules asiendo a Philibert de los hombros.

Se oyeron de nuevo bravos y aplausos. Philibert también aplaudía, radiante.

—Iban siguiendo el río todo recto... y hubieran podido llegar hasta Lieja. ¡Pero yo les he enseñado el camino!

Jules hace un aparte con Philibert.

—Hace una eternidad que no te hemos visto.

—Sí, lo sé... Tenía cosas que hacer —le confía misteriosamente Philibert.

—¿Y tu ballesta? ¿La has escondido?

Philibert adopta una expresión inocente, como si no supiera de qué se trata.

—Si cazas un corzo, me lo traes y me dices lo que te debo —le dice Jules al oído.

Philibert asiente con la cabeza dirigiendo miradas circunspectas a derecha e izquierda. Y acto seguido se frota la manos, nervioso, mirando a Jules fijamente. Se ve que quiere decir algo. Al fin, se lanza:

—Oye, Jules...

—Dime.

—Tu cabaña... He pasado allí unos días.

—Bien hecho, muchacho, ya sabes que no hay problema —responde Jules, paternal.

Mathias lo oye. La cabaña podría ser la misma en la que se cobijaron con Renée. No debía de haber muchas chozas de ese estilo en la región. Philibert tal vez los vio... Jules advierte la presencia de Mathias.

—Bébert, te presento a Mat. También es un vaquero, pero no es como los otros. Es de Canadá, y es un solitario.

—Hola, Mat el vaquero solitario de Canadá.

Philibert ha dicho eso muy deprisa y en voz muy alta. Mathias está desconcertado. Jules le guiña un ojo. Berthe llega con un termo de café para servirle más a Philibert. Se lo lleva con ella. Jules se vuelve hacia Mathias.

—Philibert es huérfano —explica—. Le falta un hervor.

Mathias suelta una carcajada. No conocía la expresión, pero es muy elocuente y divertida, como siempre. Así que el muchacho es un poco bobalicón. Pero muy gallardo, añade Jules, adjetivo que Mathias interpreta como «valiente». Sí, también, pero «gallardo» para la gente de la región quiere decir además «garboso» y «generoso». Mathias observa a Philibert, que habla con Berthe meneando repetidamente la cabeza con una sonrisa un poco crispada. Ese tipo parece conocer la región como la palma de su mano, vagabundea por el campo sin que nadie le descubra, tiene una ballesta y se dedica a la caza mayor, y es muy «gallardo». Todo lo necesario para hacer de él un aliado indispensable en caso de verse obligado a huir. Mathias ha tomado ya una decisión. Partirían hacia el norte, manteniéndose a cubierto a través del bosque. Hasta Namur o quizá más arriba, en función del avance alemán. Una vez allí, aún podrá contemplar alguna alternativa si sus camaradas alemanes logran alcanzar milagrosamente su objetivo cruzando el Mosa.

La voz de Micheline obliga a Mathias a abandonar sus pensamientos.

—¿Y a mí cuándo vendrá a buscarme el Niño Jesús?

Las conversaciones cesan de repente.

—Lleva repitiéndolo desde ayer sin cesar —explica Werner—. Le dijeron que sus hermanas estaban con el Niño Jesús y quiere reunirse con ellas.

Werner se inclina hacia Micheline y le da un beso. Y la chiquilla inicia de nuevo un desgarrador lamento. Renée se halla junto a ella y le toma la mano. La violencia del desahogo de Micheline la desborda por completo. Siente lástima por la niña, por supuesto, y más aún dado que sabe perfectamente qué es encontrarse sola y sin familia. Sin embargo, el llanto intempestivo de la niña genera en Renée un profundo malestar; en las situaciones de peligro, la discreción es la mayoría de las veces el único comportamiento que garantiza la seguridad. Los niños que lloran y los adultos demasiado nerviosos llaman la atención. Y además, ¿por qué invoca sin cesar al «Niño Jesús»? En el imaginario de Renée, Jesús no es en absoluto un niño salvo en Navidad, cuando se celebra su nacimiento. Como «niño» poco podría hacer y a buen seguro sería incapaz de matar a alguien. Porque eso era lo que estaba pidiendo Micheline, que el «Niño Jesús» la hiciera morir para reunirse con su familia, también muerta. Aquello no tenía ni pies ni cabeza.

—Deja ya de llorar —acaba diciéndole a Micheline—. Llorar no sirve de nada. Están muertos.

Todas las cabezas se vuelven hacia Renée, súbitamente fulminada por miradas torvas. Incluso la expresión de Jules es poco amistosa. Françoise le susurra algo al oído

a Sidonie y entre los civiles se alza un rumor de desaprobación. Micheline es la única que no parece afectada por
las palabras de Renée. Está ausente, postrada, completamente impermeable. Renée comprende de inmediato la
estupefacción que ha provocado. No es la primera vez
que la miran mal por su franqueza. Eso no la perturba.
Mathias la observa y, a pesar de todo, también él parece
un poco asombrado. Menuda es la niña, la verdad, y no
deja de sorprenderle y de desconcertarle. Es dura de verdad, válgame Dios, más dura aún de lo que presentía.
Y una especie de orgullo se adueña de él. Le gustaría ha-
cerles tragar a los otros sus expresiones de contrición.
Y se da cuenta de que ahora todos le miran a él, como si
fuera responsable de lo que Renée acaba de decir. Y eso
que no es su padre, a fin de cuentas. Y la niña ya era así
antes de conocerle.

—La chiquilla lleva razón —dice de repente Philibert,
como si hubiera tenido una iluminación—. ¿Cómo te llamas? —le pregunta a Renée.

—Renée, ¿y tú?

—Me llamo Philibert, pero puedes llamarme Bébert.

—¿Quieres jugar a un juego?

¡Y ya está! Renée ha recobrado fuerzas. Ya es otra,
instantáneamente, atrapando al vuelo lo que la vida le
ofrece. Mathias contempla a los civiles, aún petrificados
por el miedo, la incredulidad y la animosidad. Pero a la
niña no le importa. Está en otro lugar, con el bobalicón,

que lo ha entendido todo y a quien también le da igual. Y van a «jugar a un juego» los dos. Ella es la más fuerte, más fuerte que todos esos gallardos belgas reunidos, más fuerte que él, más fuerte que las hordas de SS que aterrorizan al mundo. Más fuerte que todas las imágenes de cabellos y de muerte.

9

Mathias está en la cocina, afilando su cuchillo, el cuchillo que le obsequiaron los indios y que, desde entonces, se ha cobrado innumerables vidas humanas. El arma debe estar lista para matar de nuevo porque Mathias ha decidido marcharse, llevarse a Renée a un lugar donde no corra peligro. Dan aparece en el umbral de la puerta. Observa a Mathias, creyendo que este no le ve.

—Adelante, Reynolds —dice Mathias sin volverse.

El otro, en un primer momento, retrocede, irritado por haber sido descubierto, pero finalmente se aproxima a Mathias, que sigue deslizando con tranquilidad la hoja de su arma contra la de un gran cuchillo de cocina. Frente a él hay una palangana con agua, una brocha y una navaja de afeitar. ¡Menuda ocurrencia! En plena guerra, escondidos en un sótano y no se le ocurre nada mejor que afeitarse. Dan observa el cuchillo con mango de asta, en el que hay grabada una palabra que no alcanza a descifrar. No es inglés. Dan no sabe qué significan esas extrañas letras, una sucesión de consonantes y muy pocas vocales. Es una lengua impronunciable. Una lengua de salvajes. El hijo del granjero intentó decirle algo, justo antes de la llegada de los cuatro civiles, pero Dan no le entendió. Era algo respecto al canadiense. Seguramente sería interesante, a la vista de cómo hablaba el muchacho, con aires de conspirador. ¡Maldito francés, esa lengua incomprensible! Dan es una de esas personas que se ofuscan porque el mundo entero no habla inglés.

—¿Preparativos de marcha? —suelta Dan en un tono falsamente desenfadado.

Mathias no responde. Toma la brocha, la unta de jabón y se cubre el rostro de espuma ante un pequeño espejo resquebrajado que cuelga ladeado. Acto seguido empuña el cuchillo y empieza a afeitarse.

—¡Con eso se puede matar a un oso! —exclama Dan señalando el cuchillo.

Tampoco hay respuesta. Dan permanece detrás del hombro de Mathias, observando sus mejillas y su mentón progresivamente despojados de una barba de varios días. El rostro de Mathias se le aparece bajo una nueva luz: más agudo, más duro. ¡Y con unos ojos claros que reflejan la luz tan implacablemente como el acero de su hoja! Dan retrocede un poco, de manera inconsciente. Mathias le dirige una mueca a través del espejo. Dan está convencido: ese tipo esconde un secreto. Y no dejará la granja sin descubrírselo.

—Treets nos ha contado una cosa interesante. Parece que esos cerdos de las SS se hacen tatuar...

Dan acecha la reacción de Mathias, pero este sigue deslizando su bárbaro cuchillo sobre la mejilla, dejando aparecer su cara limpia y nítida. Dan es el único entre los soldados que sospecha que Mathias no es quien dice ser. El instinto del norteamericano, aguzado por los celos, le guía en solitario en ese juego. Y su instinto le ha dicho desde el primer momento que Mathias podría ser uno de esos alemanes infiltrados, como otros muchos que andan por el campo. Naturalmente, cabe preguntarse qué hace ese tipo con una judía pegada a él. Y, sin embargo, ese contrasentido alimenta las sospechas de Dan. Le ha dado tantas vueltas a todo eso que hasta ha sufrido migrañas. No es propio de él devanarse así los sesos. Ah, y por fin el «canadiense» se digna abrir la boca:

—Claro, ¿no lo sabías? Su grupo sanguíneo, bajo el brazo izquierdo.

Estaba al corriente de ello, hasta el menor detalle y el tono natural de su respuesta hace zozobrar la teoría de Dan. Es uno de esos veletas que cambian de opinión a la mínima. ¡Y no se puede fingir hasta ese extremo! Dan ignora por completo que Mathias es un experto en el ejercicio de la impostura y que ha logrado escapar de situaciones mucho más difíciles que esa. Dan se ha distendido un poco y se apoya en un mueble. Mathias se enjuaga la cara.

—Habría que hacer circular esa información y así nos evitaríamos tener que preguntarles a todos los tipos con los que nos cruzamos cómo se llama la mujer de Mickey Mouse —dice Dan, sin segundas intenciones.

—A diez grados bajo cero, sin embargo, los estriptis en los *check points* no nos harían ganar mucho tiempo.

El canadiense estaba en lo cierto. Su sentido del humor forzaba a veces la simpatía y no tenía en absoluto nada de alemán, aunque Dan no fuera un experto en la cuestión. Para él, un alemán era un tipo cruel con un casco diferente del suyo, que ladraba en vez de hablar. Mathias toma un paño de cocina y se seca la cara. Se echa agua en el cabello y se peina hacia atrás. Se vuelve y se pone la chaqueta. Luego toma el cuchillo y se lo enfunda al cinto. Todo ello con gestos ágiles y sincrónicos, unos gestos que tal vez fueran más de iroqués que de alemán, pero que en cualquier caso no le gustaban a Dan.

Renée no estaba en el sótano. La habían visto marcharse con Philibert; dijeron que iban a jugar al patio y nadie se lo impidió. La niña había salido a pesar de la prohibición de Mathias y estaba enfadado con ella. Era la primera vez que le desobedecía. Si hubieran estado jugando en el patio les habría oído desde la cocina. Salió y recorrió dando grandes zancadas los alrededores de la granja e inspeccionó los establos, el horno y el granero: no los encontró en ninguna parte. Regresó al establo y pasó de nuevo entre las vacas. Y al llegar al fondo de la nave advirtió una pequeña puerta que no había visto. El pestillo se resistía y empujó con el hombro. Se oyó un relincho. Al fondo de aquel segundo establo había un caballo de tiro. Y cerca del animal se hallaban Renée y Philibert, sonrientes. Mathias oscilaba entre el alivio y la cólera. Se lanzó sobre Renée.

—¡Dijimos «prohibido salir»! —le espetó.

Luego su mirada se abatió sobre Philibert, que no se dejó intimidar; seguía sonriendo con tal candidez y bondad que Mathias se serenó.

—Es verdad, lo dijimos... —responde Renée—. Pero ¡mira!

Y su manita señala al caballo. Mathias lo mira finalmente. Es inmenso, tranquilo, magnífico.

—Se llama Salomon —declara Philibert—. Jules lo tiene escondido. Es su tesoro. ¿Eh, abuelo? Está triste desde que se murió su compañero.

—El caballo que hay en el patio —añade Renée.

Philibert asiente, acariciándole la cabeza a Salomon. Renée intenta alcanzarla, pero ella es demasiado baja, y Mathias la toma en brazos. La chiquilla pone la mano sobre el hocico del caballo, contra sus humeantes ollares. Le da un beso al animal, le susurra unas palabras al oído y vuelve a acariciarlo. Renée parece extraviada en un éxtasis continuo. Sus ojos se llenan de lágrimas. Mathias y Philibert la observan en silencio.

—¿Ya lo han montado? —pregunta Mathias.

—Jules lo monta a menudo, y Jeanne también. Pero yo no me atrevo.

—Yo sí me atrevo —dice Renée.

Mathias interroga a Philibert con la mirada.

—No le hará daño, puedes ponerla encima.

Mathias encarama a Renée sobre el inmenso animal. La pequeña se inclina hacia el cuello de Salomon, asombrada. Ese caballo era quizá un golpe de suerte que les permitiría llegar rápido al norte. Naturalmente, si Jules aceptase ceder a Salomon, habría que prescindir de la ayuda de Philibert, pero la solución del caballo tentaba a Mathias. Era un excelente jinete; los miembros de los comandos de élite tenían que saber montar a caballo, saltar en paracaídas e incluso pilotar un avión en caso de necesidad. Mathias indicó a Renée que había llegado el momento de dejar al animal y regresar al sótano. La niña aceptó a regañadientes.

Mathias se había decidido por Salomon como compañero de camino. Sin embargo, había un obstáculo importante: convencer a Jules de entregar su «tesoro».

Ya en el sótano, vio al granjero, que conversaba con su mujer. Mathias se acercó y pidió si podía hablar con Jules a solas. Berthe se levantó a regañadientes, escamada.

Mathias expuso su proyecto sin rodeos. Jules permaneció en silencio unos segundos mirando fijamente a Mathias.

—Mi hijo me ha contado cosas muy raras acerca de ti.

—¿Ah, sí? —dijo Mathias, divertido.

—Cosas raras... Como que parece que te ha oído hablar... en alemán.

—Hablo muchas lenguas, pero esa no —respondió Mathias, relajado.

Jules le observó con su mirada inquisitiva y prosiguió:

—El chaval está muy alterado por la guerra y por lo que se cuenta. Todo eso de los infiltrados y demás. Creo que eso le hace ver visiones...

Jules se aproximó, con el rostro junto al de Mathias.

—En cuanto al caballo... de acuerdo, puedes llevártelo. Iréis más deprisa.

—Gracias —dijo simplemente Mathias.

Jules se levantó para marcharse, pero se volvió.

—Oye... —le dijo en voz tan baja que parecía casi un murmullo.

—¿Qué?

—Salomon... no responde a su nombre. Todo el mundo le llama «abuelo».

—De acuerdo. No temas por él.

Jules asintió con la cabeza, repentinamente, y se alejó de Mathias. Este fue al sótano de los soldados, donde Pike y Max intentaban reparar la radio. Algunos soldados eran partidarios de marcharse de la granja; Pike no estaba de acuerdo. Primero había que entrar en contacto con los aliados para informarse de cuál era la situación. Mathias observaba el aparato averiado que manipulaban Max y el operador de radio, un tal Dwyer, que no parecía ser un genio. Mathias hubiera podido repararla, por lo que pudo ver enseguida; esa también era una de sus habilidades. Pero ¿le habría sido de alguna utilidad? Si la radio funcionase de nuevo, probablemente los norteamericanos se marcharían. Sin embargo, Mathias debería irse con ellos y abandonar a Renée. Además, una vez restablecido el contacto, quizá llegarían más aliados a la granja y aumentaría el riesgo de Mathias de ser descubierto. Mathias prefirió por ello no ofrecer sus servicios a Pike y salió dirigiendo una mirada impotente y apenada a los tres hombres que luchaban en vano con el detector magnético averiado. En el sótano de los civiles se cruzó con Jeanne, colorada y despeinada, como si acabara de hacer un esfuerzo. La muchacha le tomó familiarmente del brazo y de nuevo Mathias se quedó aturdido por el fuerte olor que desprendía su cuerpo.

—¿Puedes ayudarme con la leche? Hay aún tres cántaros en el establo...

Acababa de ordeñar a las vacas. Eso era lo que emanaba de ella, los efluvios agrios de la leche acabada de extraer de la ubre, entremezclados con su transpiración. Se apartó un mechón de cabellos y se limpió la nariz con el reverso de la mano. Su seno se alzó bajo el vestido; una pequeña aureola de sudor apareció bajo su axila. Hacía un frío helador, pero ella transpiraba como en julio, ataviada solo con un vestido de lana fina. Mathias la siguió al establo como un autómata, sin prestar atención a las miradas que les dirigían; Jeanne atravesó altivamente el sótano contoneándose, balanceando su largo cuerpo escultural y arrastrando tras de sí a Mathias, como magnetizado.

Renée se cruzó con la mirada de Dan, mortificado. Su soldado no debería seguir a Jeanne, pero ¿cómo evitarlo? Renée se preguntó qué haría la chica. Besarle en la boca, sin duda. Había visto eso en una revista en casa de Marcel, a cuya madre le gustaban mucho esos libros con fotos de actores y de actrices de cine. A veces aparecían abrazados, mirándose como si fuera la última vez que fueran a verse. Y una vez vio a dos que se besaban en los labios, con los ojos cerrados. Eran muy guapos, con unos cabellos brillantes y vestidos con ropas lujosas. La actriz tenía unos labios bien dibujados, la piel blanca y unas largas pestañas oscuras. Jeanne también era guapa, Renée estaba obligada a reconocerlo, pero sin el vestido y sin el maquillaje. Sus labios también estaban bien dibujados y hacían que Mathias deseara poner los suyos sobre ellos. Los labios de Mathias no eran para Renée. Aún no. Cuando ella fuera mayor, se casarían. Y serían como las estrellas del cine, guapos y resplandecientes, con unos labios perfectos, unidos en un beso perfecto.

Louise le propuso a Renée jugar a médicos. Como de

costumbre, Renée sería el doctor y Louise la enfermera. Decidieron que Micheline fuera la paciente; era muy apropiado, dado el estado de postración y debilidad de la chiquilla. Sin embargo, se lo preguntaron y Micheline se limitó a mirarlas en silencio. Renée empezó a auscultar a Micheline, con una lata de conservas atada a una cuerda a modo de estetoscopio.

—¡Respire hondo, señora! —ordenó Renée con autoridad.

La paciente, sin embargo, no se movió; tenía la mirada extraviada y se dejaba hacer sin reaccionar. El profesor Werner se acercó a las niñas y las observó. Renée centraba su atención. Estaba fascinado ante el aplomo de la chiquilla y su facilidad de comunicación. Era incluso aterrador verla vivir al lado de Micheline, abatida, destrozada por los acontecimientos. Y, sin embargo, también Renée debía de haberlo pasado muy mal.

—Perdone, doctor —dice Werner—, ¿tiene un minuto para atenderme? No me encuentro muy bien.

Renée mira a Werner con altivez, le mira de arriba abajo, y luego sonríe. Está de acuerdo en jugar también con él. Sabe fingir bien, es creíble.

—Enfermera, ocúpese de la señora. Tengo que atender a otro paciente.

Se coloca frente a Werner y le ordena que abra la boca y diga «¡Aaah!». Werner obedece. Renée observa circunspecta la garganta del maestro.

—¡Está muy roja! —concluye la niña.

Comienza la auscultación del tórax con la seriedad de un profesional.

—¿Estuviste en Stoumont antes de venir aquí? —la interroga Werner.

—Sí —responde Renée—, en casa de Marcel y de Henri, y en la de Jacques y de Marie.

—Y antes de Stoumont, ¿dónde vivías?

Renée le mira de reojo. ¿Quiere jugar o no? Si quería saber cosas sobre ella bastaba con preguntar. No era necesario que fingiera que tenía gripe. Es una lástima, porque el maestro es un buen enfermo. ¿Qué ha preguntado? Ah, sí, antes de Stoumont.

—Antes estuve en el gran castillo de la hermana Marta, con muchos otros niños.

El maestro es todo oídos, ávido de saber, de oír explicar esas cosas terribles y peligrosas que le han ocurrido a Renée, esas cosas que él jamás ha conocido, de las que ni siquiera tiene una remota idea, que apenas alcanza a imaginar, esas cosas que les ocurren a los judíos que tienen que esconderse y huir para no caer en manos de sus enemigos. Es como un juego, pero de verdad. Y Renée juega al mismo con toda la inteligencia y la vivacidad con la que la naturaleza la ha dotado. Y hasta el momento va ganando. ¿El maestro quiere saber cómo logra ganar? De acuerdo, pues le dará lo que quiere. Deja el estetoscopio en el suelo y mira a Werner a los ojos.

—Allí era peligroso porque los alemanes podían aparecer en cualquier momento. Una noche vinieron. Yo no dormía porque tenía que hacer pipí. Estaba en el baño del rellano y les oí subir la escalera hacia el dormitorio. Gritaban, las monjas gritaban y luego todo el mundo gritaba. Mientras estaban en la primera planta, bajé lentamente, de puntillas, al sótano...

Renée hace una pausa y se deleita con la cara de Werner, sus ojos como platos y su boca abierta. Y él también se sorprende de lo que está disfrutando, como si ella le explicara *Barbazul* y él tuviera nueve años. Ve a Renée descendiendo la escalera, con sus pies descalzos deslizándose sobre los peldaños gastados. La chiquilla viste un camisón blanco que, por un instante, capta la luz de los faros de los jeeps que atraviesan violentamente la puerta abierta de par en par. La niña toma el pasillo largo, de baldosas negras y blancas, y abre una puerta que da a un pozo de oscuridad. Oye los gritos procedentes de las plantas superiores, el llanto de los niños despertados bruscamente y maltratados, las súplicas de las monjas. Pero la niña mantiene la sangre fría y se adentra en la oscuridad del sótano.

—Y ellos... También bajaron al sótano —añade Renée a continuación.

¡Claro que bajaron al sótano! Werner lo sospechaba, pero no se atrevía a pensar en ello. Siempre lo hacen, al igual que Barbazul le pide la llave de oro a su desobediente mujer y el lobo feroz va a visitar a la abuela. Así que los alemanes también descienden al sótano, empuñan las linternas y barren el espacio abovedado. El silencio reina de nuevo en el castillo, apenas perturbado por los débiles gemidos de los niños.

—Pero no me encontraron —exclama orgullosa Renée—. ¿Sabes dónde me escondí?

Werner simplemente dice que no, meneando la cabeza, atónito.

—¡En la pila del carbón!

Renée disfruta del efecto producido por su historia. Se da cuenta de que otros oyentes se han sumado al maestro: Jules, Sidonie, Hubert… ¡Recuerda lo sucia que estaba de hollín al salir de la pila del carbón! Tuvo que darse tres baños para librarse de toda aquella negrura. También explica eso y, al rememorarlo, le hace gracia. Pero de repente deja de reír y se le hace un nudo en la garganta. Esa noche los alemanes se llevaron a tres niños: al pequeño Lucien, de apenas tres años, a Martin y a su amiga Catherine. No le apetece hablar de ello. Los rostros que la rodean aún aguardan algo más, pero su historia se ha acabado. Supo esconderse bien y ganó la partida. Nada más que decir. Catherine, en cambio, estaba durmiendo. Pocas veces se levantaba a hacer pipí de noche. No estaba obligada a levantarse con el frío que hacía y bajar al baño a oscuras, como Renée.

Catherine siempre dormía de un tirón, apaciblemente.

Era más tranquila y de naturaleza menos inquieta que Renée. Creía a pies juntillas que volvería a ver a sus padres. Renée no quiso decirle que era poco probable, no a esa chiquilla tan alegre y amable. Era divertido hablar con ella porque sabía muchas cosas, tocar el piano, el nombre de las piedras preciosas y canciones. Catherine había perdido la partida, y no era justo.

El maestro se aleja y el resto del auditorio se dispersa por el sótano. Louise espera continuar el juego. Renée, sin embargo, no es capaz de jugar y ni siquiera de hablar. Es la primera vez que explica ese recuerdo; un recuerdo que ha restituido con toda la fuerza, la lucidez, el ingenio y en el fondo la distancia de que es capaz, pero que no por ello deja de ser profundamente traumatizante. Renée ha guardado sellado en el fondo de su memoria ese terrible recuerdo que hubiera podido poner fin a su corta existencia, olvidado durante casi dos años, y que reaparece en un sueño recurrente que la sumerge cada vez en la pila de carbón de nuevo. Ahí está ella, inmóvil, con los ojos y la nariz llenos de polvo, sin atreverse a respirar; mientras la linterna inspecciona implacablemente el montículo, intenta colarse entre los trozos de carbón, se aleja para explorar el resto del sótano y luego regresa por enésima vez y se detiene a unos milímetros de sus ojos. En el sueño, el soldado que sostiene la linterna siempre acaba descubriéndola; o más bien es la propia Renée quien sale de la pila de carbón y se pregunta, una vez fuera, si no acaba de meter la pata al mostrarse, creyendo haber sido descubierta, cuando aún no era el caso. Cada noche ruega que ese sueño no vuelva a visitarla. Y ahora, cuando acaba de compartir ese recuerdo del sótano con otras personas, sabe que la pesadilla ya no volverá jamás.

10

En el suelo había tres cántaros de leche y Mathias no resistió el deseo de beber del mismo recipiente. Tragó ávidamente el líquido claro y caliente, y se enjugó los labios con el reverso de la mano. Su labio superior quedó orlado de líquido blanco. Jeanne le observaba con una expresión provocadora. Avanzó y se detuvo junto a él, con el rostro apenas a unos milímetros del suyo y rozándole el pecho con los senos. Mathias sentía sus pezones erectos a través del vestido. Ella alzó levemente la cabeza para alcanzar su boca y depositó sus labios sobre los de él. Eran dulces y ardientes, y se dejaban hacer, a pesar de cierta contención. En el momento en que la muchacha quiso introducir la lengua en su boca, sin embargo, Mathias la rechazó. Había recuperado de golpe el sentido común. Ni por asomo podía dejarse tentar por esa incontrolable muchacha. Ya hacía dos días que arriesgaba su pellejo a cada segundo, y no había que añadir más motivos. Mathias siempre había sabido obtener provecho de las mujeres y de la inmediata seducción que ejercía sobre la mayoría de ellas; y sus éxitos como infiltrado siempre estaban ligados a una u otra de sus amantes, o a las mujeres que esperaban convertirse en ello. Pero aquí, en ese espacio confinado en el que vivía en alerta en todo momento, Jeanne no podía serle de utilidad alguna, muy al contrario. Tenía que marcharse lo antes posible, con Renée. Salir por piernas, eso debía hacer.

Jeanne se había puesto colorada por el despecho y tenía los ojos hinchados por unas lágrimas de rabia que apenas lograba contener. Una vaca pateó el suelo y otra mugió como si animara a la muchacha a lanzarse de nuevo al ataque. Jeanne avanzó de nuevo, con la cabeza erguida y sacando pecho. Se acercó a Mathias y le tomó el rostro entre las manos, lo atrajo hacia ella y le besó en la boca. Esta vez, Mathias la dejó hacer. ¡A la mierda! ¡Un polvo rápido no iba a ponerle en apuros! Desabrochó frenéticamente el vestido de Jeanne y descubrió sus espléndidos senos, sus hombros fuertes y bien torneados, su vientre carnoso y finalmente su sexo, ya húmedo y abierto. La penetró contra la pared, cerca de los traseros calientes y blancos de las dos plácidas vacas lecheras. ¡Qué delicioso era estar dentro de ella, respirando de cerca su olor tan singular! Un olor de muchacha muy joven que le recordaba a su primer y único amor. Klara. Rubia, pálida y alta, pero muy frágil, casi enfermiza. Más tarde se casó con un industrial del Ruhr, un ferviente militante del partido. Fue muy desgraciada. Volvió a verla una vez en Berlín, en 1942. Estaba borracha y se aferró a él lamentándose de su destino de desdichada mujercita rica y desocupada. Lloraba la juventud y el amor perdidos, pero también se quejaba de las sirvientas deshonestas, de lo difícil que era encontrar un peletero desde que habían desaparecido los judíos y, por encima de todo, de su esterilidad que la convertía en una auténtica paria ante sus amiguitos nazis. Su esposo manifestaba su frustración pegándole un tortazo de vez en cuando. Tanto acosó y asqueó a Mathias que este le arreó a su vez una bofetada. Hubiera deseado no volver a verla y conservar intactos los momentos de pasión de sus veinte años, cómo le hacía el amor lentamente en la capilla abandonada cerca del lago de Jungfernsee.

Los ojos de Jeanne se hundían en los suyos, pero sin verle; miraban dentro de ella misma, concentrados en el inminente estallido del placer. Se abandonaba completamente, sin pudor, sin recato. A Mathias le sorprendió la felicidad que le producía verla gozar tan rápido, con los ojos ahora cerrados y el ceño fruncido, con una expresión de leve contrariedad. Toda la adolescencia de Jeanne había transcurrido durante la guerra, entre la angustia, las privaciones y la incertidumbre. En brazos de Mathias, su cuerpo expresaba su rebelión y su sed de vivir, y a él eso le hacía estremecerse. De repente se quedó quieto dentro de ella; había oído un ruido. Jeanne recobró el sentido y abrió la boca para hablar, pero Mathias se la cubrió con la mano. Se oyó la voz de Berthe. Llamaba a su hija. Jeanne y Mathias permanecieron ensamblados, sin moverse. Berthe acarició a una vaca hablándole cariñosamente. Jeanne ahogó la risa, y su sexo se contrajo con fuerza. Mathias la besó y volvió a moverse muy despacio dentro de ella. Finalmente Berthe decidió marcharse, echando pestes contra su hija. Y Mathias se dejó sumergir por el placer, que fue de una violencia que hacía tiempo que no sentía. Se vistieron apresuradamente y regresaron al sótano con los cántaros.

Al cruzar el patio oyeron una salva de deflagraciones procedente del bosque vecino, cerca del arroyo donde Mathias y Renée habían dejado el jeep. Un obús pasó cerca de la granja. Jeanne se sobresaltó y derramó parte de la leche que transportaba.

En el sótano, los civiles se habían quedado petrificados al oír los disparos. Por eso nadie prestó atención al rostro alterado de Jeanne y lo atribuyeron al miedo. Jules refunfuñó; quería que los norteamericanos se marcharan. Pike, sin embargo, no estaba dispuesto a irse de allí; la radio seguía averiada, y no iban a meterse en medio del combate con pocas municiones y con dos heridos que aún no se hallaban en condiciones de caminar.

Repartieron la leche, que aportó un poco de consuelo. Al beber el primer sorbo, a Sidonie le vino una imagen a la mente: se vio de pequeña, sentada en el regazo de su abuela, sorbiendo un ponche de huevo frente al árbol de Navidad. Y recordó que era 24 de diciembre, Nochebuena. ¡Y nadie había caído en ello! Dijo:

—¿Y si guardamos un poco para la cena? ¡Hoy es Nochebuena!

Todos se quedaron inmóviles, asombrados. Navidad. Parecía casi absurdo en un momento como el que estaban viviendo, con guerra en todas partes, gente muriendo, caminando por la nieve, o esperando, hambrienta y congelada en sótanos; con las casas en ruinas, los animales destripados en los patios y por los caminos, y los bosques en llamas. La vieja Marcelle se echó a llorar.

—¿Y dónde están... el árbol, el pan de Jesús, la misa del gallo y... los villancicos? ¡Qué desgracia! —logró decir entre sollozos.

—Cállate una miaja, Marcelle —dijo Ginette—. Claro que celebraremos la Navidad. ¡Es la fiesta del Niño Jesús! Si nos olvidamos de él, se desentenderá de nosotros.

Al oír esa solemne advertencia en valón, todos se santiguaron. Berthe se la tradujo a Mathias. No pudo reprimir una sonrisa. Para Mathias ya era demasiado tarde; Dios había abandonado a la humanidad desde hacía mucho tiempo y no tenía remedio. Los civiles decidieron celebrar el nacimiento de Cristo lo más dignamente posible, a pesar de que no hubiera abeto, ni los misteriosos «panes de Jesús» y ni siquiera misa del gallo. Era el momento ideal para despedirse a la francesa; la tensión acumulada desde hacía días se relajaría y no solo en la granja de los Paquet sino por toda la región. Porque la Navidad significaba algo para todo el mundo, incluso para los alemanes. Aún no habían logrado sustituir el culto al niño divino semita por el de un inclemente Thor del futuro.

Pero Louise le tuerce los planes a Mathias: a la chiquilla se le ocurre organizar un belén viviente. ¡Y, por descontado, Renée es la primera en apuntarse! Se aproxima a Mathias con una mirada ardiente. Se da cuenta de que ha previsto algo y que esa celebración le contraría. Y por eso no le pide nada. Es él quien, por las buenas, le dice:

—¿Quieres hacer el belén?

—Me gustaría —responde Renée—. ¿No me dejas?

—Será mejor que no.

La chiquilla suspira, decepcionada. Mathias detesta verla así. Es increíble cómo se ha ablandado desde que está con ella. Y ella también. La recuerda tres días antes en la cabaña, arisca y enfurruñada. Recuerda cómo se debatía entre sus brazos la última noche, y cómo le dejó plantado con el jeep y se echó a andar sola a campo través. Allí, ahora mismo, se ha relajado y ha bajado la guardia. Y a fin de cuentas es normal. Mathias sabe que debería dejarla en casa de esa buena gente en lugar de arrastrarla a un periplo sin duda infernal. Como si le hubiera leído el pensamiento, dice Renée:

—No importa. Marchémonos. Será mejor.

—Nos quedaremos aún esta noche —responde Mathias.

Celebrarán allí la Navidad, al calor de la lumbre. Renée participará en el belén. Y al día siguiente se marcharán. Mathias no puede reprimir su alegría ante la perspectiva de hallarse con ella en el campo. Ella y él, de nuevo solos en el mundo, cazando y durmiendo en abrigos de fortuna. Le enseñará a construir una tienda con ramas, y a montar a caballo. La contemplará comer carne asada al fuego con sus deditos pringados de jugo; y ella observará todos sus movimientos, atenta y silenciosa. Y quizá le explicará otra de sus historias, con sus ojos de tinta en los que bailarán las llamas.

Jeanne se ha sentado a su lado. Mathias preferiría que se marchara. Jeanne observa al soldado y a la niña en silencio. Siente que está de más, que es completamente extraña a su insólita y exclusiva relación. Y, sin embargo, esa tarde, en el establo, él ha estado con ella por completo, lo ha sentido y está segura de ello. La niña sonríe amablemente a Jeanne y es como si le clavara un cuchillo en el pecho. Es una sonrisa llena de compasión que significa: «Sé que estás enamorada, pero es mío, ya lo ves, es así y no puedes hacer nada para cambiarlo». Jeanne se pone en pie de repente y se dirige a Renée:

—¿Vienes conmigo? Vamos a buscar disfraces para el belén.

Renée se levanta y sigue a Jeanne. Louise, Blanche, Albert y Charles Landenne esperan cerca de la escalera. Y también Micheline, que ha salido de su letargo. Quizá porque por fin verá al Niño Jesús. Un Niño Jesús falso, pero mejor eso que nada. Los niños corren en fila india por el pasillo que conduce a los dormitorios. Louise persigue a Renée y a Blanche; Micheline las sigue sin entusiasmo. Charles va a hombros de Albert, que carga con él profiriendo gritos de siux. Jeanne deja que den rienda suelta a su energía, contenida desde hace mucho tiempo. Ella misma se alegra de oírlos reír y chillar, como si no hubiera guerra, como si todo fuera normal.

Los niños están en el dormitorio de Jules y Berthe, espacioso, con un armario grande con espejo, tres puertas y molduras de cabezas de león, y una cómoda con una corona de flores secas, rodeada de marcos con fotos. Renée contempla con atención la de la boda. Jules y Berthe están muy jóvenes, casi como Jeanne, pero Berthe no sale demasiado guapa, parece seria. Luce la corona de flores sobre la cabeza. Renée no posee ninguna foto, ni de ella ni aún menos de su familia. Algunas de sus amigas en el castillo sí tenían fotos, pero no estaban permitidas porque eran peligrosas en caso de que los alemanes las encontraran. Sin embargo, Catherine tenía dos escondidas bajo el forro de su maleta. Una de toda su familia, con su padre, su madre y sus dos hermanos. Y otra de su abuela, una anciana con un vestido negro largo de puntillas y un velo sobre la cabeza.

Catherine a veces las cogía para dormir y las estrechaba contra su pecho. No podía verlas porque estaba a oscuras, pero le daba igual; les hablaba y desgranaba sus nombres como una plegaria: papá, mamá, Joachim, Serge, *bobe* Macha, papá, mamá, Joachim, Serge, *bobe* Macha, papá, mamá. Renée a veces se metía en la cama de Catherine. Se arrimaban una a la otra y entonaban las dos la letanía de nombres. A Renée le gustaba sobre todo decir «*bobe* Macha». Catherine le explicó que *bobe* significaba «abuela» en su lengua y que Macha era el nombre; la unión de esas dos palabras creaba algo tierno, dulce y apetitoso como un pastel. Sin embargo no podía decirse que la vieja «*bobe* Macha» tuviera algo en común con las maravillas culinarias que su nombre evocaba a Renée; era flaca y seca, de boca severa y mirada dura.

Entre las fotos expuestas sobre la cómoda del matrimonio Paquet había una de una anciana que no podía ser Marcelle, pero que sin duda debía de ser la madre de esta, pues guardaban un gran parecido, vestida a la manera de otros tiempos. Era una auténtica «*bobe* Macha», rechoncha, con una sonrisa que expresaba que al final todo se arreglaría.

Louise ha sacado del armario pañuelos, sombreros y vestidos. Albert y Charles entran en el dormitorio, rebuscan entre los trapos y perifollos, y se los prueban mientras bromean. Louise se acerca a Renée, junto a la cómoda; toma la corona de novia de flores secas, la pone sobre la cabeza de Renée y la sitúa frente al espejo.

—Podrías hacer de la Virgen María —dice Louise.

¿La Virgen María? ¡Menudo disparate! Renée no puede: es judía. Albert pregunta qué quiere decir «judía», pero la propia Renée sabe muy poco acerca de ello y, además, lo que sabe no le apetece contarlo allí, en ese momento y a Albert menos que a nadie, porque seguro que no le importa y solo pretende chincharla. Renée quizá se lo dirá a Louise, más tarde, si le da tiempo. Albert insiste, con una carcajada ruin:

—¿Y por qué una judía no puede hacer de la Virgen María?

—Porque los judíos mataron a Jesús —dice Renée con aplomo.

Louise y Micheline gritan de espanto al unísono. Albert palidece.

—¿No fueron... los romanos? —pregunta, incrédulo.

—No, fuimos nosotros —responde Renée con sangre fría, mirando fijamente a Albert.

Fue la vieja hermana Rita, jorobada y mala como la tiña, quien un día le contó que los judíos hicieron crucificar a Cristo. Renée se dijo que ese crimen era la razón por la que los alemanes, y sin duda también otras personas, detestaban ahora a los judíos. Y, pensándolo bien, no era motivo de sorpresa. Al contemplar un crucifijo sentía una confusa sensación de vergüenza, y en especial ante las escenas de la Pasión en la iglesia. En ese momento, sin embargo, frente a Albert Paquet y su mueca de desprecio, Renée se siente orgullosa, orgullosa al verle palidecer, impresionado. Sí, los judíos mataron a Jesús, le colgaron de la cruz y le hundieron clavos en las manos y en los pies, y le dejaron allí durante horas, al sol, y tenía sed y sufría y estaba triste por tener que morir, pero a los judíos les importaba un comino y se reían de él y le lanzaban verduras podridas a la cara, y de todas formas a mí no me gusta la Virgen María, quiero ser el arcángel Gabriel. Micheline se echa a llorar, Louise está azorada y Charles exclama: «¡Qué mierda!», y Albert está rojo de cólera ante esa bicha arrogante a la que pensaba humillar y que se burla de él en sus narices diciendo cosas que a él ni se le pasarían por la cabeza. Y Micheline retoma su cantinela:

—¿Y a mí, cuándo vendrá a buscarme el Niño Jesús?

—El Niño Jesús ya no vendrá, ha muerto, yo le he matado, ¿no lo has oído?

Silencio. Renée tiene los ojos rojos; las lágrimas se desesperan por correr como torrentes por sus mejillas. Repentinamente, se vuelve y abandona el dormitorio. Avanza por el pasillo, cegada por el llanto, empuja una puerta abierta y entra en una habitación en la que los muebles están cubiertos con sábanas. Renée se sienta sobre la cama. Tiene frío y tiembla. Debe dejar de llorar antes de bajar al sótano. Cómo le gustaría sentir a Ploc entre sus brazos, pero lo ha dejado sobre su jergón, abajo. Berthe la ha convencido de no llevarlo a todas partes con ella. Renée no debería haberle hecho caso. Al cabo de unos minutos, los chiquillos empujan la puerta de la habitación. Louise se acerca a Renée, se sienta a su lado y la toma con ternura de los hombros.

—Serás el arcángel Gabriel. De todas formas, todo eso ocurrió hace mucho tiempo. Y Albert lo ha hecho para fastidiarte. ¡Albert, has prometido hacer las paces!

Albert se acerca a regañadientes, pero le tiende una mano a Renée, que se la estrecha. Los demás le sonríen cariñosamente, avergonzados por haberla puesto triste, y olvidadas ya sus blasfemias.

Jeanne no había subido a su dormitorio desde hacía días y casi había olvidado el caos que allí habían dejado los alemanes, el somier hundido, los cajones por el suelo y su contenido desparramado, y las cortinas arrancadas. Quiere elegir un bonito vestido para esa noche de fiesta, un vestido que realce su belleza. Confía en excitar de nuevo el deseo de Mathias; no se resigna a pensar que su relación en el establo no vaya más allá. Está enamorada, ardiente y se marcharía con él si se lo pidiera, e incluso aunque no se lo propusiera, sería incluso capaz de seguirle al frente, como las mujeres de los guerreros galos de las que le hablaban en la escuela, que provocaban al enemigo antes de la batalla con gritos y cánticos de guerra.

Jeanne abre la puerta del armario y examina los vestidos colgados en las perchas; su mano se detiene sobre un paño brillante y lo acaricia. Descuelga un vestido de seda crema, el que vistió en la boda de su tía Annette, la hermana de su padre que vive en Lieja. Coloca el vestido delante de ella y se mira en el espejo. Quizá sea demasiado de vestir, impropio para la estación, aunque no le importa. Si espera a que acabe la guerra para lucirlo, ¡quizá tenga ochenta años! ¡La guerra! Es cosa de hombres, un juego de mocosos temerosos de no ser lo bastante machos. Pero el soldado «canadiense» es diferente. Parece contemplar todo eso de lejos, con esa sonrisa irónica que brilla en su mirada cuando no está presente en sus labios. Sus labios. Carnosos y firmes, con el labio superior ribeteado. Jeanne se quita el vestido de lana gris y el sujetador. Al rozarle la cara, la lana desprende un fuerte olor a él. Jeanne huele la ropa y luego la piel de sus brazos, esperando espigar aún un resto del efluvio. Se pone el vestido de seda sobre sus senos desnudos. Cierra los ojos. Cuando el paño resbala sobre su rostro y su pecho, le ve y le siente, acariciándole los pechos, deslizando una mano entre sus piernas, penetrándola.

Mathias no es el primero. Antes estuvo Germain Jaumotte, hijo de un rico granjero con quien sus padres veían de buen grado que se casara, para que tuvieran hijos e hijas de ricos granjeros que engendrarían generaciones de ricos granjeros hasta el día del Juicio Final. Con Germain no fue nada del otro mundo, era tímido y torpe. Pero todo eso ahora ya no tenía importancia ni interés alguno después de «él», el soldado. Quiere que la toque otra vez, que la tome, que goce dentro de ella. Lo que ha sentido con él sería suficiente para recordarlo toda su vida, pero es demasiado frugal dado el deseo que siente, un deseo que una larga vida, cree la muchacha, no bastaría para consumir.

Jeanne cumplió dieciocho años el mes anterior, el 1 de noviembre, el día de Todos los Santos. Su cumpleaños siempre es algo peculiar dado que ese día es costumbre ir al cementerio con cepillos de grama, cubos y crisantemos apestosos. Las mujeres frotan la losa o el mármol de las tumbas de rodillas, con gestos acompasados, a veces bajo una lluvia torrencial, frente al retrato de diez pies de largo del difunto que las observa desde su marco dorado. Después, se regresa a casa a comer tarta de ciruelas, y se rememoran rutinariamente los eternos recuerdos de siempre, con lágrimas en los ojos. Los dieciocho años de Jeanne, ese año, han pasado casi inadvertidos, entre lo del pobre tío Jean, muerto a los cuarenta años de un cáncer de testículo, y lo de la vieja Rose, fallecida a los ciento siete años en plena misa. Sin contar los estragos de cinco años de guerra, que aún dibujaban un panorama más sombrío. Al abrir Jeanne los ojos, Dan se encuentra de pie detrás de ella y la mira en el espejo. La muchacha cierra los ojos y vuelve a abrirlos, como si quisiera despertar de una pesadilla. Pero Dan no se ha movido. Se acerca a ella con una mirada lasciva y farfulla unas palabras en inglés.

—*I saw you through the window...*

—¡No te entiendo y no deberías estar aquí! ¡Vete!

Jeanne se dirige hacia la puerta. Dan la agarra del brazo y la obliga a darse la vuelta. La besa en el cuello y luego en los labios. Jeanne trata de zafarse y logra darle una bofetada. Eso hace sonreír al norteamericano, que la empuja brutalmente sobre la cama y se tiende sobre ella, tapándole la boca con una mano. Con la otra hurga bajo su vestido, le manosea el vientre y los pechos y le pellizca los pezones. A Jeanne le saltan lágrimas de dolor. Dan transpira y jadea, e incluso se estremece un poco. Jeanne forcejea, le golpea y logra rechazarlo, pero el hombre es mucho más fuerte. Logra desabotonarse el pantalón, le arranca las bragas a Jeanne e intenta penetrarla, pero la muchacha se mueve mucho. Siente el sexo rígido contra su pubis, buscando la abertura, más abajo. Es asqueroso e inimaginable. Jeanne considera la situación como si se hallara fuera de su cuerpo; ve, desde arriba, a ese tipo intentando violarla y a ella misma defendiéndose en vano. Empieza a fatigarse. Pronto estará dentro de ella. Con un gran esfuerzo, logra girar la cadera y rechaza a Dan, que sale bruscamente proyectado hacia atrás. Detrás de él aparece Jules Paquet. Hace girar sobre sí mismo a Dan, le inmoviliza contra la pared y le arrea dos tortazos magistrales.

—¡Te mereces que te mate! Si vuelves a acercarte a ella, si le hablas, eres hombre muerto. *Understand? You dead!*

Jules suelta al norteamericano, abre la puerta y lo empuja afuera. La cierra de nuevo y va a sentarse al lado de Jeanne y la abraza.

—Philibert ha venido a buscarme —dice—. Ha seguido a ese cabrón. Mañana los echaré a todos.

11

En el sótano han colocado un pesebre para el belén. El suelo, ya cubierto de paja, es muy apropiado. Al fondo hay colgada una cortina de terciopelo azul marino en la que han cosido estrellas recortadas en sábanas. Sobre la paja, la Virgen duerme apaciblemente. Es Louise, vestida con un camisón blanco de su madre y tocada con su corona de boda. Está muy oscuro, porque han apagado casi todas las velas y quinqués. El público está en silencio, atento y recogido. Los norteamericanos miran como niños grandes embobados; están contentos de hallarse allí en lugar de en combate, o en el boque, o en casa de otra gente, pero piensan en sus propios hogares y en sus familias. Están felices y tristes a la vez. A los civiles les preocupa la calidad del espectáculo. Hay que honrar a Cristo, tiene que ser digno, los niños deben recitar bien su texto y sin reírse como a veces ocurre en las procesiones. Jules Paquet está lúgubre y al preguntarle su esposa en voz baja qué le ocurre, se encoge de hombros irritado. Jeanne está radiante. Nadie podría adivinar lo que acaba de ocurrirle. Ha recogido su cabello en un moño y se ha pintado los labios. Está preciosa con su vestido de seda. Mathias aguarda la entrada en escena de Renée, pero no puede evitar mirar de reojo a Jeanne. Y la muchacha siente su mirada sobre ella.

Dan se ha escondido en un rincón. Está seguro de que el granjero no se irá de la lengua, porque de lo contrario se armará un escándalo. Y podrían perderse algunas balas... En la oscuridad, Dan puede ver sin ser visto. El flirteo entre Jeanne y el supuesto canadiense le hace hervir la sangre. Dan está seguro de que ese tipo se la ha follado. Y esa certidumbre es lo que le ha hecho perder la cabeza, empujándole al dormitorio de la muchacha. Nunca en su vida le habían devorado los celos de esa manera. Ha intentado hacer con Jeanne lo que tantas veces ha visto hacer a sus camaradas desde el inicio de la guerra. Se creía al abrigo de esa pulsión. Y lo peor es que, de presentarse la ocasión, volvería a hacerlo. Si hubiera podido consumar la violación, luego le habría pegado una paliza, está seguro de ello. Hubiera golpeado su carita de puta calientabraguetas, rompiéndole algunos dientes; le hubiera hecho tragarse su orgullo. ¡Qué asco de puta inmunda! Sin embargo, ¡qué maravilla era estar pegado a ella, por Dios! Era dulce y firme, y su cuerpo desprendía un olor enloquecedor. Tenía el coño húmedo y al tocárselo estuvo a punto de eyacular, pero enseguida comprendió que si rezumaba de esa manera era porque acababa de echar un polvo con aquel cabrón.

Dan ve aparecer un resplandor al fondo del sótano, es una criatura sosteniendo una vela. ¡Coño, pero si es el arcángel Gabriel! Y lo interpreta la judía, horrendamente vestida con unas cortinas de raso y una especie de alas que le han crecido en la espalda que parecen el enrejado del gallinero recubierto de tela. Renée avanza majestuosamente, como si flotara sobre el suelo, y en su rostro solemne oscila la llama de la vela que sostiene cual fuego sagrado. Al llegar junto a la Virgen dormida, dice, con inspirada entonación:

—Despierta, María.

Louise alza lentamente la cabeza y da un grito al ver al arcángel.

—No tengas miedo. He venido a anunciarte una gran noticia. ¡Abre bien tus oídos!

Se oyen algunas risas en la sala. Renée se mantiene perfectamente concentrada. Deja la vela sobre un taburete y abre los brazos, con las palmas de las manos hacia fuera, como le ha visto hacer al cura en la iglesia.

—Vas a concebir en el seno y vas a dar a luz un hijo, a quien pondrás por nombre Jesús. Será grande y será llamado Hijo del Altísimo, y el Señor Dios le dará el trono de David. Reinará sobre la casa de Jacob por los siglos y su reino no tendrá fin.

La voz clara y autoritaria de Renée resuena bajo las bóvedas, articulando correctamente cada palabra de la Anunciación, como si comprendiera a la perfección su significado oculto y su misterio. La niña se ha metido por completo en su papel, como si estuviera poseída. Renée se ha empecinado en recitar todo el parlamento del arcángel, aunque a Jeanne le parecía que sería demasiado largo y difícil de memorizar. Pero Renée está a la altura y así lo demuestra.

El público está muy impresionado y hay quien se santigua. Louise tiembla de la cabeza a los pies y no se sabe si está representando el terror o si ese sentimiento se ha apoderado verdaderamente de ella. Tiene que responder, pero de su boca no sale ni una palabra. Se oye un murmullo, entre bambalinas: «¿Cómo será esto...?». Es Albert, apuntándole el texto.

—¿Cómo será esto, puesto que no conozco varón?

—Pues lo que ocurrirá será que...

Renée hace una pausa después de esa ligera variación de las palabras del Evangelio que produce un efecto cómico y provoca unas risas ahogadas. La chiquilla dirige una mirada enojada al público y prosigue:

—El Espíritu Santo vendrá sobre ti y el poder del Altísimo te cubrirá con su sombra; por eso el que ha de nacer será santo y será llamado Hijo de Dios.

Louise se incorpora y se arrodilla, rezando ante el arcángel.

—He aquí la esclava del Señor; hágase en mí según tu palabra.

—Bendita seas entre todas las mujeres, María. Por desgracia, vas a sufrir mucho, porque tu hijo tendrá problemas y lo matarán. ¡Sé valiente!

La sorpresa le provoca a Louise un respingo. Un rumor recorre el sótano. Los rostros de los civiles se petrifican. Los soldados no han entendido nada, aparte de Mathias, dividido entre la admiración por la sentida actuación de Renée y las ganas de reír provocadas por su impertinencia. Esa situación maravillosamente absurda, y de la que parece ser el único que aprecia la ironía, le divierte enormemente; Renée en el papel del arcángel, anunciando el reinado de Jesús, heredero del trono de David, sobre la casa de Jacob. Renée que, en un arrebato de sinceridad muy suyo, se asegura de que la Virgen no se haga ilusiones acerca de la gracia que le ha sido concedida. Cuidado, amiga, que la vida es muy perra y lo que te da, te lo quita. Mathias se siente por primera vez poseído por un sentimiento nuevo para él: el de estar en su lugar. Sin la menor duda, tenía que haber vivido hasta ese momento para ver aquello. Si su vida tenía algún sentido, tenía que ser allí, ante aquella quimérica Anunciación.

Todo el mundo espera que el arcángel se retire pero, en vez de eso, Renée se agacha y se arrodilla ante Louise. Le toma la cabeza entre sus manos y la besa tiernamente en la mejilla. Louise parece desconcertada y primero intenta rechazar el beso. Claramente, ese gesto no figuraba en el guion pero era oportuno, justo y emocionante. Sidonie se echa a llorar; Berthe solloza. A los soldados les escuecen los ojos. Renée toma la vela, se incorpora y se aleja de la Virgen caminando hacia atrás hasta desaparecer detrás de una columna. Una salva de aplausos acompaña la marcha del arcángel.

En la escena siguiente, Charles, Albert, Blanche y Micheline encarnan a los pastores que han visto la estrella en el cielo y deciden seguirla para adorar al Niño Jesús. Luego aparece el Nacimiento. Louise sostiene una muñeca en brazos. Albert encarna a un José muy honorable, vestido con un manto marrón y con una barba dibujada con corcho quemado. Los otros niños interpretan a los pastores. Renée aparece de nuevo junto a la Sagrada Familia, vestida aún de arcángel, y entona «Entre el buey y el asno gris, duerme, duerme, duerme el niño...». Los otros se suman al villancico y acto seguido también el público se pone a cantar. Al final, los chiquillos saludan cogidos de las manos, entre aplausos y bravos. En esto, sin embargo, Jules desaparece unos instantes en una pequeña habitación contigua al sótano, y sale de allí con unas botellas. De repente, sus gritos sobresaltan a los presentes.

—¡Es de ciruela! —exclama—. ¡Y del bueno! Lo guardaba para las grandes ocasiones, y si esta no lo es...

Jeanne y Berthe van a la cocina a por todos los recipientes que pueden encontrar y se sirve el aguardiente. Los soldados se deshacen en agradecimientos. Se brinda, se dan abrazos y se felicita a los niños a su regreso, después de quitarse los disfraces. Los villancicos se suceden mientras las mujeres preparan la exigua cena: las eternas gachas de avena condimentadas con unas castañas que Berthe había escondido en previsión del pavo, en tiempos en que aún se podía soñar con algo así. Y luego la leche fresca que han guardado «para la noche».

Jean, el hijo de Françoise, parece particularmente débil; su tez se ha vuelto gris y ya no tiene fuerzas ni para toser. La fiebre le ha subido y su madre solloza y lo acuna en un rincón. Sidonie se sienta a su lado. A unos pasos de ellas, Ginette canta con los demás. Sidonie y Françoise intercambian unas miradas, y luego sus miradas se dirigen a la vieja curandera. Ginette se percata del conciliábulo. ¿La tozuda de Françoise se ha decidido a tragarse su orgullo? Ginette sabe que quizá ya sea demasiado tarde, porque la infección se ha instalado desde hace demasiado tiempo en el pequeño cuerpo exangüe.

Françoise se pone en pie y se dirige hacia Ginette, con su hijo en brazos. Ginette le tiende los suyos y abraza al niño enfermo. Con enorme dulzura, acaricia al chiquillo, primero las mejillas y luego el pecho. Françoise se calma poco a poco; Ginette emana un calor y una energía benéfica que perciben cuantos la rodean. Renée se sienta cerca de la curandera. Esperaba ese momento sobre todo por el pequeño Jean, pero también por ver a Ginette en acción, luchando contra el mal. Cada vez que la vieja le cambiaba el vendaje al soldado, Renée estaba allí. Ginette tiene una fuerza, una especie de magia que muy pocas personas poseen. Los ocupantes del sótano parecen temerla un poco. La curandera tiende al niño sobre un chal en el suelo y le masajea vigorosamente el tórax. Jean se pone a toser, cada vez más fuerte, y acaba escupiendo una enorme y espantosa flema verde. Françoise grita, tendiendo los brazos hacia su hijo.

—No temas —dice Ginette—, es el mal que sale. Luego se encontrará mejor.

Prosigue el masaje, dando golpecitos en el pecho de Jean, y acompaña sus gestos con unas extrañas palabras.

—Tos maligna, te expulso de este niño, como Jesús expulsó a Satán del Paraíso.

Las manos de Ginette se desplazaban sobre el cuerpo de Jean y esas manipulaciones hacían que el niño siguiera expectorando unas inmundas cosas viscosas, unas cosas que sin duda le impedían respirar porque, cada vez, la criatura inspiraba grandes bocanadas de aire y parecía recobrar el color. Alrededor de Ginette se había formado un corrillo, en el que se hallaban algunos soldados norteamericanos. El teniente Pike estaba particularmente cautivado por la escena, dividido entre la admiración y el miedo. Cuando Ginette terminó y devolvió a Jean a su madre, dijo:

—Esta noche respirará mejor y sin duda le bajará la fiebre. Mañana seguiremos.

Françoise le estrechó las manos con emoción, pero Ginette las retiró malhumorada.

—No seas zalamera, que tu crío aún no ha salido de esta. No cuentes el huevo que está en el culo de la gallina.

Mathias había visto la escena de lejos. Estaba habituado a esas prácticas. Chihchuchimash era curandera y él la había visto a menudo en acción, primero sobre su propio cuerpo y luego con muchos otros. Sin embargo, el poder de la vieja india se extendía también a las almas, y era en ese terreno donde más fuerte era. La vio unos días antes de partir hacia Europa. Fue andando hasta la cabaña de Mathias, a casi diez kilómetros de su campamento de invierno, por senderos difíciles y con un frío cortante. Mathias preparó café; lo sorbían en tazas de níquel, a uno y otro lado de la mesa en el centro de la única habitación. En el rostro de Chihchuchimash se reflejaban las sombras proyectadas por el quinqué colocado sobre la mesa, unas formas extrañas de los utensilios de caza y las raquetas colgadas en las paredes alrededor de ellos.

—Mata Mucho no viene a Chihchuchimash, así que ella viene a él con sus viejas piernas —dijo al fin la india.

Mathias se encogió de hombros. Últimamente había reducido sus visitas, tras tomar la decisión de marcharse del país para alistarse en el ejército alemán. Ya hacía algunos meses que a Mathias le resultaba difícil vender sus pieles. Desde la entrada en la guerra en septiembre, los alemanes no estaban bien vistos y los empleados del puesto comercial y los otros tramperos blancos le trataban con hostilidad;

Mathias había oído hablar de los campos de internamiento previstos para los «nacionales de un país enemigo» y había civiles alemanes que ya se pudrían allí desde otoño. Y para Mathias no era motivo de sorpresa, dada la manera en que los canadienses trataban a los inmigrantes. La comunidad japonesa de Vancouver, por ejemplo, sufría desde hacía tiempo las vejaciones de los nacionalistas: exclusión de ciertos puestos de trabajo, vandalismo, desposeimiento e intimidaciones de todo tipo; en resumidas cuentas, lo mismo que se imponía a los judíos en la Alemania de Hitler. Mathias hubiera podido quedarse oculto en el bosque y esperar tranquilamente a que aquello amainara, pero detestaba sentirse indeseable, incluso ante personas a las que veía poco y con las que no tenía relación. Tampoco contemplaba vivir con los indios. Frecuentarlos espaciadamente le bastaba.

—Te vas a la guerra —anunció Chihchuchimash, en un tono a la vez triste y solemne.

¿Cómo podía saberlo la vieja? Mathias aún no le había hablado de ello. Encendió nerviosamente un cigarrillo. La india le pidió uno y dio una primera calada profunda.

—¿Por qué? —preguntó la mujer.

¿Por qué? ¿Por qué? En realidad, Mathias no tenía

ninguna razón válida para regresar a Alemania. Era culo de mal asiento y le picaba la curiosidad, esa era la razón. Y estaba lo suficientemente chiflado y desquiciado como para meterse en una guerra. Había algo en su interior que ardía permanentemente, sin darle ni un respiro, incluso en esas glaciales soledades y entre los indios cree. Chihchuchimash había tenido pretensiones de «curarle», como decía ella, y Mathias había pasado horas en tiendas de sudoración, delirando debido al calor insoportable, arrullado hasta la náusea por los ensalmos de los indios a su alrededor. Y no había pasado nada, ni durante ni después. No hubo visiones ni premoniciones, no se produjo ningún cambio en él, y tampoco sintió alivio.

Se iba a la guerra, en efecto. Por la manera en que Chihchuchimash lo había dicho, Mathias recordó la canción que de niño le cantaba su madre: «Mambrú se fue a la guerra, qué dolor, qué dolor, qué pena…».

Contempló a la india fumar su cigarrillo y exhalar el humo azul muy lentamente, formando anillos que flotaban y se hacían más grandes, hasta que se rompían y desaparecían. La mujer observaba ese fenómeno con gran interés, como si pudiera leer algo en él, uno de esos malditos signos que veía por todas partes. Y, a fin de cuentas, quizá fuera el caso. Mathias rompió el silencio que le parecía oprimente.

—¿Quieres unos paquetes de cigarrillos y harina? Y carne, llévate…

—Tengo que marcharme, hijo mío —le interrumpió Chihchuchimash.

—¡Si no me marcho hasta dentro de dos semanas!

Mathias estaba decepcionado. Se daba cuenta de que había esperado secretamente que le revelara una parcela del futuro, una vaga e ínfima idea de lo que le aguardaba allá, mediante una palabra o una frase enigmática, por oscuras que fueran. Un blanco con el que había cazado tiempo atrás le explicó que un chamán de los pies negros le había hecho el don de una predicción. El trampero era incapaz de interpretarla, pero la visión se hizo evidente de forma muy clara en un momento de su vida. Chihchuchimash no le haría ese obsequio, simplemente porque no estaba preparado para recibirlo.

—No tengo nada que decirte —dijo la anciana, leyéndole la mente.

—No necesito nada —respondió con orgullo.

—Claro que sí, pero no veo nada. Está tapado. Y cuando sueño contigo, nunca tienes rostro. Así son las cosas.

La vieja se puso en pie, se cubrió con su gorro de lana y se envolvió con la amplia manta a cuadros que llevaba sobre la cazadora. Chihchuchimash y él anduvieron en silencio hasta el poblado, guiados por la luz del quinqué y acompañados por Crac, feliz ante aquel paseo nocturno, sin que pudiera intuir lo que iba a ocurrir, simplemente porque Mathias aún no había previsto nada al dejar la cabaña. Crac se quedó en el poblado; se decidió rápidamente esa noche. Mathias no había olvidado la mirada del animal cuando comprendió que su dueño le abandonaba. De eso se arrepentía y se arrepentiría hasta su muerte. Fue la última vez que vio a los dos seres más importantes en su vida. Hasta conocer a Renée.

12

Jules Paquet entonó «Oh, santa noche» con una voz profunda y bastante hermosa. Le escuchaban religiosamente, como si ese momento lírico reemplazara la misa. Nadie se atrevía a cantar a coro con él y los labios se limitaban a murmurar con timidez la letra. Solo Philibert se soltó, repentinamente seguro, al cantar «Una esperanza el mundo entero siente» con una voz aguda y desafinada que se rompió con las difíciles notas de «Pueblo de rodillas, aguarda tu liberación», pero no se dio por vencido y retomó con ardor el «Navidad, Navidad, ha llegado el Salvador». Las criaturas se morían de la risa y los adultos estaban desconcertados, salvo Jules, que apenas podía disimular su hilaridad. Philibert no parecía darse cuenta de nada y cantaba con toda su alma pura y simple, y se dijeron que sin duda esa voz insufrible debía de ser la que más agradable resultaba a oídos de Dios, pues «bienaventurados los pobres de espíritu...».

Acto seguido pasaron a cosas más ligeras. Berthe bajó el fonógrafo y algunos discos al sótano. Empezaron con Maurice Chevalier, a petición de los norteamericanos, luego vino Mistinguett y a continuación unos tangos y javas. Jules sacó a bailar a su mujer y se formaron otras parejas, Pike con Sidonie, Jeanne con Max, Philibert con Berthe... Hubert, el guarda rural, se ocupaba de la selección musical y se tomaba su papel muy en serio. La aguja nunca permanecía en el aire mucho tiempo al acabar un disco. Después de una java particularmente endiablada, Hubert decidió abordar el plato fuerte y colocó en el gramófono un disco que le gustaba mucho. Se oyeron los primeros acordes de «El Danubio azul». En cuestión de segundos, la improvisada pista de baile se llenó a rebosar. Jeanne se acercó a Mathias tendiéndole la mano. ¿No le había dirigido miradas vehementes durante el espectáculo? Y el aguardiente de ciruela hacía que la cabeza le diera vueltas de una manera muy agradable y sentía que todo le estaba permitido. Mathias declinó primero la invitación educadamente, pero Jeanne insistió, arrastrándole de la mano hasta mezclarse con los que bailaban. Mathias la asió con el brazo izquierdo y alzó elegantemente el derecho para sostener la mano de la joven. Empezaron a bailar el vals, pero con un estilo muy diferente al de las otras parejas. Mathias hacía unos movimientos más amplios y giraba sobre sí mismo con unos largos deslizamientos rítmicos, sin apenas tocar a su pareja, pero sosteniéndola con firmeza. Ocupaban mucho espacio y pronto las otras parejas abandonaron la pista para contemplarlos. Jeanne parecía flotar, ligera y leve, llevada por la seguridad y el dominio de Mathias. Estaba radiante.

En un rincón, de donde no se había movido durante toda la velada, Dan se mordía los labios hasta hacerlos sangrar. Renée, primero cautivada por los bailarines, observaba ahora a Dan. La mirada torva del norteamericano escrutaba a Mathias ansiosamente. La pareja giraba cada vez más deprisa y Jeanne sonreía a Mathias, loca de contento. Mathias mantenía mayor compostura y su cuerpo se movía con una elegancia que casi parecía rigidez. Dan se preguntaba dónde se bailaba de esa manera, porque uno no aprende a bailar el vals como Clark Gable cazando colas de castor en el culo del mundo.

El ritmo de la música se vuelve muy rápido y se acerca el final del tema. Jeanne y Mathias se arremolinan a toda velocidad. Jeanne no puede contener unas carcajadas. Mathias también parece excitado. Renée no aparta la vista del rostro de Dan, poseído por una visión. El tema concluye con el énfasis característico de los valses vieneses. Los bailarines se hallan frente a frente, aturdidos, sin resuello... Y en ese momento Mathias hace un gesto sorprendente. Saluda a Jeanne, muy rígido, con los brazos a lo largo del cuerpo y entrechoca los talones.

Dan se pone en pie y grita:

—¡Ese tío es alemán! ¡Es un cerdo infiltrado!

Nadie se mueve ni dice nada. Y Mathias, en lugar de tomarse las cosas con su habitual despreocupación, permanece inmóvil, atónito. Sin embargo, antes de que nadie haya tenido tiempo de hacer el menor gesto, se apodera de una pistola ametralladora en un rincón y encañona a los presentes.

—Jeanne, dame dos mantas. Berthe, mi abrigo.

Jeanne no se mueve. Mira a Mathias con los ojos vacíos. Berthe obedece.

—Dádselo todo a Renée.

Berthe mira a la pequeña, que acaba de dejar los brazos de Ginette y avanza hacia Berthe. El rostro de la niña resplandece con una alegría salvaje. La granjera no sabe si obedecer a Mathias y retrocede cuando Renée le tiende los brazos para recibir el fardo.

—Dáselo a Renée —ordena Mathias en tono muy seco.

Berthe le entrega el fardo a la niña. Renée lo estruja contra ella; su cuerpo está en tensión de la cabeza a los pies, dispuesta a vivir los acontecimientos siguientes. Los civiles están desconcertados y aún no se dan cuenta de lo que acaba de ocurrir. Todo ha sucedido muy deprisa. Sin embargo, Mathias ya no es la misma persona que unos momentos antes brindaba y bromeaba con ellos; ahora carece de sentimientos. Es una máquina de matar. Y para aquellos que aún no estaban convencidos, dice:

—Al que se mueva, lo mato. ¿Está claro?

Mathias ve florecer una expresión de intenso odio en algunos rostros, como si llevara tiempo deseando hacer eclosión. En el del joven Albert, en el de Françoise o en el del guarda rural. Detrás del terror que Mathias les inspira hay una especie de éxtasis larvado, de mórbida fascinación. ¡Pobre humanidad! Mathias evita mirar a los soldados; tendría la tentación de matarlos en el acto. Jeanne sigue postrada, parece ida. Mathias tiene una extraña sensación de serenidad, como si por fin las cosas fueran como debían. Ha estado interpretando un papel ante esas personas y ahora puede mostrar su verdadero rostro.

Algo ocurre en su cabeza, una especie de clic, un reflejo pavloviano ante sus potenciales víctimas: está dispuesto a asesinarlas a todas, incluso a la vieja Marcelle, incluso al pequeño Jean, e incluso, sí, también a Jeanne, si se ve obligado a ello. Puede hacer que sus cerebros se esparzan por las paredes del sótano y sus cuerpos se amontonen dislocados unos sobre otros, no tiene ninguna duda. Y a punto está de coser a Berthe con una ráfaga de balas porque retiene a Renée y no la deja reunirse con él. Mathias dispara al aire y todo el mundo grita. Y en esas Jules se sitúa valientemente delante de su esposa.

—La cría estará mejor aquí —dice con calma.

A Mathias no le apetece mandarlo al otro barrio, pero será mejor que no se haga el héroe.

—¡Renée! —la llama Mathias.

Berthe suelta a la niña. La criatura se aparta de ella y

pasa junto a Jules pero, en el momento en que se dispone a cruzar los tres metros que la separan de Mathias, Dan la intercepta. Mathias le apunta.

—Suéltala, Dan —ordena Pike.

—Ni hablar. Tengo a la niñita de sus ojos. No se irá sin...

Dan no logra acabar la frase y se desploma con la frente perforada por una bala. Los civiles chillan. Renée corre hacia Mathias. En el caos reinante, Max se ha situado detrás del alemán; Mathias le ve y le propina un golpe en el bajo vientre con la culata de la metralleta. Max se encorva, pero al caer logra desestabilizar a Mathias golpeándole detrás de la rodilla. Mathias cae y los soldados se abalanzan de inmediato sobre él; Treets lo noquea con un tronco y los otros le muelen a golpes. Renée se lanza sobre el montón de hombres chillando. Pike la agarra y Berthe acude para tomarla en brazos. Renée forcejea, mordiendo y arañando. Jules tiene que ayudar a su mujer a contenerla.

El teniente Pike intenta poner orden en sus filas. Los hombres están desencadenados; golpean a Mathias en el vientre y en la cabeza, insultándole. Pike desenfunda su pistola y dispara al aire. Los soldados se apartan finalmente del cuerpo de Mathias. El rostro le sangra abundantemente y ha perdido el conocimiento. Al verlo, Jeanne se vuelve y vomita de asco. Pike registra a Mathias y encuentra la vaina colgada de la parte posterior del pantalón; desenfunda el cuchillo, lo contempla, perplejo, y vuelve a envainarlo.

—Max, Treets, llevadlo a la bodega. Al amanecer levantaremos el campamento y nos lo llevaremos.

Nadie se mueve. Los soldados se han refugiado en un silencio cargado de odio. Cerca de ellos yace el cadáver de Dan, con los ojos abiertos como platos por la sorpresa.

—¿No me habéis oído? ¡Moved el culo! —vocifera Pike.

—Ese pedazo de mierda ha matado a Dan —espeta Max.

Unos gritos de aprobación se elevan entre los soldados, a los que se suman algunos civiles, como Hubert y el maestro. Jules los observa. Hubert es muy feo de cara y Jules se da cuenta de ello por primera vez, a pesar de que se conocen desde hace cuarenta años. El granjero tiene que admitir que sospechaba de Mathias, y no se esperaba que el gilipollas de su hijo fuera a chivarse. Lo supo cuando Mathias apareció por primera vez en la leñera. Jules no podría decir qué le hizo sospechar. Era pura intuición, y había disimulado, como si no ocurriera nada: ese tipo le había caído simpático de inmediato. Y no era solo por el hecho de que hubiera traído a la chiquilla. No, no había motivo alguno. Jules confió en que se marcharía lo antes posible. De haberlo hecho, no se hallarían en las actuales circunstancias. Y Dan no hubiera intentado abusar de su hija.

Aquel cabrón yacía ante sus ojos, con aún más cara de idiota que cuando estaba vivo. Y el alemán acababa de recibir una somanta de palos; era repugnante cómo le habían llegado a golpear, como brutos. Por descontado, se trataba de un enemigo, y además era un tramposo y un mentiroso. Tal vez mereciera morir. Pero aquello no. Y Renée había sido testigo de aquella carnicería... Jules la buscó con la mirada; se había sentado contra una pared, sola, lejos de los demás.

Jules estaba convencido de que los soldados hubieran matado al alemán si Pike no hubiese intervenido. Werner, que sabía un poco de inglés, tradujo las palabras del teniente: querían interrogar al alemán. Decía que la información que obtendrían de él podría salvar vidas, que tenía que ser juzgado y ejecutado debidamente porque ellos no eran unos bárbaros. Jules no estaba muy seguro de eso. Así que arrastraron a Mathias a la bodega, contigua al sótano. Pike se encerró allí con el corpulento Max y los otros soldados volvieron a su sótano, salvo dos que permanecieron de guardia junto a los civiles. Al cabo de unos minutos, se elevaron en el sótano unos cuchicheos que pronto formaron un zumbido sordo.

—Una judía protegiendo a un alemán... ¡Habrase visto! —dijo Hubert.

—Y, además, ¡una chiquilla!

Lo dice Françoise, dirigiendo una mirada torva a Renée.

—A mí me pareció rara desde el principio —prosigue Hubert.

—¿Creéis que la niña lo sabía? —pregunta Sidonie.

—Claro que lo sabía —responden al unísono Hubert y Françoise.

—No tiene a nadie en el mundo —suspira Berthe, pensativa.

—¿Y por qué no la mató? —interviene Françoise.

Era la pregunta que todos se hacían. Les resultaba difícil imaginar lo que había ocurrido entre aquellos dos.

—Debió de apiadarse —replica Berthe—. Algunos no son tan malos. Y además una criaturita así…

Alejado, Jules escuchaba la conversación. Sabía que Berthe no tenía razón, pero no andaba mal encaminada. La piedad, sin embargo, no parecía ser un sentimiento muy enraizado en el alemán y no era lo que Renée inspiraba, a pesar de su corta edad. La historia de esa extraña pareja era otra.

—¿Creéis que le van a matar? —pregunta Sidonie.

—Eso espero —eructa Hubert—. Si no le fusilan los vaqueros, los Fritz le decapitarán.

—¿Decapitarle? —exclaman varias personas al unísono.

—Así castigan los alemanes a los traidores. —Y Hubert acompaña sus palabras con un gesto evocador.

Renée lo había oído todo. La verdad era que habían estado conversando sin ningún miramiento hacia ella.

Sabía qué significaba «decapitar». Imaginó a Mathias de pie, sin cabeza, sosteniéndola bajo el brazo izquierdo, como en la imagen que había visto de Guichard, el hermano de Renaud de Montauban, uno de los cuatro hijos de Aymon, muerto decapitado. Era absurdo, evidentemente, pues un muerto no se tiene en pie con la cabeza bajo el brazo. Renée, sin embargo, no lograba imaginarse a Mathias muerto. Era inconcebible. Alzó la vista y echó un vistazo en derredor; aquellos a los que acababa de oír volvieron la cabeza cuando se cruzaron con su mirada. Miró a Ginette, que le sonrió. Renée prefirió la soledad al calor de los brazos de la vieja; tenía que reflexionar.

13

Mathias emerge bruscamente del coma. Pike y Max acaban de arrojarle agua. De inmediato, todo su cuerpo se desgarra de dolor. Tiene las muñecas y los tobillos atados. Con un solo ojo, pues el otro debe de estar tumefacto, ve que Pike está sentado en el suelo frente a él. Max se halla de pie junto a la puerta.

Adelante, la charla puede empezar. Los yanquis obtendrán lo que desean, y enseguida. A Mathias ni le va ni le viene guardarse información para él. La retención de información solo le proporcionará golpes suplementarios, y ninguna oportunidad de salir bien parado si se presentara la ocasión. Vamos, Pike, pregunta lo que quieras, ¡todo lo que tengo es bueno, bonito y barato! Adelante, colega, lánzate, hoy es tu día de suerte. Gracias a mí igual te concederán un ascenso, porque está claro que no vas a llegar a coronel si te quedas escondido en esta granja mientras los otros se dejan matar. Un puño se estrella contra la mandíbula de Mathias y su cabeza golpea la pared a sus espaldas. Es Pike quien le ha golpeado. Mathias se da cuenta de que ha pensado en voz alta. No ha sido una buena idea. Y visto que nadie se decide a hacerle preguntas, se lanza:

—Soy miembro de la Operación Greif. El creador y jefe de esa operación es el *Obersturmbannführer* Otto Skorzeny...

—¡Oh, no, ese no!

Lo ha dicho Max, con una mezcla de admiración y de terror.

¡Qué buen efecto causa siempre ser amigo de Otto! Es increíble la popularidad de ese tío, incluso entre los aliados. ¡Es una auténtica leyenda! Bueno, habrá que esperar a que el corpulento Max se recupere de la sorpresa antes de continuar. Pike, sin embargo, parece desorientado. El nombre de Skorzeny no le dice nada.

—Teniente, ¡pero si es el chiflado que liberó a Mussolini con un planeador!

Luego Max se vuelve hacia Mathias.

—¿Estuviste allí, tú? —pregunta, satisfecho.

—*Private Delgado!* —exclama Pike.

Mathias sí estuvo allí, pero el tal Delgado no va a saber nada al respecto. Y a Pike no le interesa. El rapto del Duce era un gran recuerdo; acabaron todos cubiertos de gloria, convertidos en semidioses a ojos del pueblo y del Führer. Sin embargo, en esa operación, el mérito correspondió a los paracaidistas del mayor Mors más que a los hombres de Caracortada.

—Los hombres de Skorzeny están todos locos, teniente. Son unas bestias de guerra, puros SS. Andan siempre disfrazados e infiltrados en las líneas aliadas, surgen de la nada, matan como quien echa una meada y hablan como en la torre de Babel, son...

Pero Max no puede concluir su fantástica descripción porque Pike se lo lleva fuera de la bodega, dejando a Mathias solo. Sin embargo, Max acababa de ofrecer una descripción bastante exacta de las labores de Mathias desde la primavera de 1943. Además, Skorzeny le convenció más o menos con esos términos la noche de su encuentro en el hotel Adlon. Unos días antes, el SS había vuelto a ir a verle entrenar. Mathias salía de la ducha con una toalla a la cintura y se disponía a afeitarse cuando vio la alta silueta de Skorzeny surgir de la sombra y reflejarse en el espejo. Siempre aparecía como por arte de encantamiento.

—Es usted muy tozudo —le dijo Mathias fríamente.

—No me canso de mirarte —le respondió Skorzeny, acercándose—. Es un espectáculo fascinante.

La luz cruda de los fluorescentes hacía que la cicatriz que le surcaba la mejilla izquierda pareciera aún más profunda. Escrutaba a Mathias de la cabeza a los pies.

—Delgado y esbelto, ágil como un galgo, resistente como el cuero y duro como el acero de Krupp...

Skorzeny lo declamó como si fueran unos versos de Goethe. Solo el Bigotudo podía inmortalizar sus fantasías con comparaciones tan ingenuas. Esta, además, destilaba cierta homosexualidad reprimida, pero Skorzeny no era la persona ideal para evocar la sexualidad inconsciente del Führer. Además, dado que Freud era judío, el pueblo alemán se había visto exonerado de inconsciente, esa repugnante tara que era típicamente patrimonio de las razas inferiores. Se hubiera podido calificar al país de *Unbewusstfrei* —libre de inconsciente— siguiendo el pronunciado gusto del nazismo por los neologismos. Mathias acabó de afeitarse tranquilamente. Skorzeny se aproximó más a él.

—Esa es la definición del perfecto ario según nuestro Führer. Pero tú eres mejor que eso, Mathias.

Caracortada le observaba con su mirada magnética. No se podía negar, ese tipo desprendía algo particular, un aura que no dejaba a nadie indiferente. Mathias evitó su mirada y se enjuagó la cara.

—No me uniré a usted, ya se lo he dicho. Aquí me dejan en paz.

—¿Estás libre esta noche? Ven al Adlon. Hay una fiesta en honor de Emil Jannings. Te espero. ¿A las ocho?

—No me gustan las veladas mundanas —replicó Mathias.

—¿Seguro? —le preguntó Skorzeny con una mueca insolente.

Mathias acudió al lujoso hotel Adlon con el cabello engominado y un afeitado apurado, luciendo su cruz de caballero con hojas de roble. Se abrió paso entre la multitud con sus andares de salvaje, perfectamente consciente del efecto que causaba en las mujeres y los hombres que enmudecían a su paso. Unas pocas parejas bailaban al son de un desaborido tango nazificado; las miradas se deslizaban sobre Mathias con la misma melosa languidez que rezumaba la música. Era deprimente pero, esa noche, Mathias casi apreciaba la atmósfera a la vez rígida y relajada de las típicas veladas del nuevo Reich, en las que unos maniquíes enmascarados hacían muecas para fingir alegría, deseo, dignidad o aburrimiento. Eran siluetas robóticas desprovistas de todo aliento de vida. Era macabro y decadente, placentero y malsano. Mathias se reunió con Skorzeny, sentado solo a una mesa en un rincón oscuro. El hombre estaba rodeado de una espesa humareda azul, fruto de su inmoderado consumo de cigarrillos. Dos copas de champán aguardaban. En cuanto Mathias se sentó, un camarero llenó las copas del líquido burbujeante y dorado.

—¡A nuestra salud! —susurró Skorzeny alzando su copa.

Mathias le imitó, sin decir palabra.

—Soplan vientos nuevos, Mathias. La Abwehr ha perdido su olor de santidad. La Gestapo está investigando. Dentro de unas semanas, o unos meses, se habrán acabado los famosos brandeburgueses.

El almirante Wilhelm Canaris, un viejo astuto al que no le gustaba que metieran las narices en sus asuntos, estaba al mando de la Abwehr, el servicio de inteligencia del Estado Mayor del que dependían los brandeburgueses. Canaris, además, no era un nazi ferviente. Ya hacía años que la Gestapo y el Sicherheitsdienst, los servicios de inteligencia de las SS, intentaban desmantelar la Abwehr, en vano. Se decía, sin embargo, que la Gestapo se disponía a lanzar el último asalto sobre el viejo zorro y los comandos de élite serían disueltos e integrados en las SS, cosa que Mathias se negaba a hacer. Skorzeny le recordó amablemente que, con suerte, se arriesgaba a pasarse el resto de la guerra como francotirador en el frente ruso y, en caso de no ser tan afortunado, en una oficina detrás de una radio.

Mathias lo sabía. ¿Caracortada no tenía más argumentos para convencerle? Mathias apuró su copa de champán y miró hacia la pista de baile. Una mujer pálida de cabello muy moreno llamó su atención. Bailaba con Emil Jannings, el actor rechoncho al que se homenajeaba esa noche. Bailaban un vals apaciblemente; los labios de Jannings se movían como un molusco baboso en la oreja en forma de concha de la joven, que tenía una expresión de intensa lasitud. La mujer advirtió la mirada de Mathias y le dirigió un esbozo de sonrisa desengañada. Skorzeny llenó las copas por tercera vez, le ofreció un cigarrillo a Mathias, tomó uno y encendió los dos con su espléndido encendedor de oro decorado con una calavera con brillantes incrustados. Skorzeny había advertido el intercambio de miradas entre la mujer y Mathias.

—Paula von Floschenburg —dijo—. Es una de las viudas más ricas del Reich. Tengo un dossier sobre ella. Podría sernos útil.

—¿También fuera de la cama, quiere decir?

Skorzeny sonrió echándole un vistazo desenvuelto a la joven, y miró de nuevo fijamente a Mathias.

—Quiero crear una nueva raza de guerreros. Una nueva especie de aventureros de la guerra. Un ser completo, inspirado e inteligente, intuitivo y organizado; un hombre capaz de surgir del agua y caer del cielo, un hombre capaz de fundirse en la multitud de una ciudad enemiga, de disolverse en ella... Un hombre capaz de «convertirse» en el enemigo.

Ese nuevo guerrero no era en absoluto original para Mathias. Surgir del agua, caer del cielo y convertirse en el enemigo era el pan de cada día desde hacía tres años y pico. Sin embargo, había un deje perturbador en el tono de Caracortada. La bella viuda había acabado de bailar y se dirigía a su mesa. Al pasar junto a él, su larga mano blanca se posó sobre el respaldo de la silla de Mathias en una furtiva caricia. La voz hipnótica de Skorzeny acompañó el gesto de la viuda.

—Para ese nuevo hombre, la propia guerra será un anacronismo. Estará más allá de la guerra.

Los nazis funcionaban a base de fantasías; estaban completamente locos. En la mayoría de las ocasiones eso les hacía parecer patéticos, y a veces seductores. Skorzeny lo era en ese preciso instante, con su sonrisa de chacal, sus ojos de pupilas dilatadas que parecían asomarse a una visión wagneriana. En realidad, era a Mathias a quien esos ojos contemplaban; él era ese nuevo combatiente inspirado, ese ser total, perfecto, último, ese guerrero «más allá de la guerra». Era embriagador y a la vez ridículo. Sin embargo, Mathias decidió dejarse embriagar, someterse al pueril deseo que latía en cada fibra de Caracortada, encarnar ese anhelo de absoluto. Y esta vez escuchó a Skorzeny con un placer casi carnal.

—Lo que te ofrezco no tiene nada que ver con lo que conoces. Se trata de una aventura muy diferente, Mathias. Un sueño por fin a tu altura, a tu imagen.

Mathias apuró su quinta copa. La orquesta tocaba ahora un tango más vibrante. Estrechó la mano de Skorzeny en señal de acuerdo, se puso en pie, se dirigió hacia la viuda y la sacó a bailar. En la cama no resultó tan excitante como en la pista de baile, y Mathias la dejó antes del amanecer. Esa mujer era tan triste como un tango nazi.

Una semana más tarde prestó juramento a las SS y se hizo tatuar su número de identificación en el brazo izquierdo. Como los judíos, se dijo. La élite tenía derecho a ese tratamiento, al igual que los más descastados. En realidad, era de una lógica aplastante: para que el juego fuera perfecto, es decir equilibrado, era necesario que los buenos y los malos existieran como reflejo unos de otros. Simplemente, era necesario que los buenos y los malos existieran. Los nazis soñaban con barrer a los judíos de la superficie de la Tierra, pero la aniquilación del pueblo judío comportaría ipso facto la de los nazis dado que una de las principales razones de ser del nazismo era precisamente el exterminio de los judíos. El nazi puro solo se define por su contrario y por su negación, el judío. Sin este, vuelve a la nada. Era vertiginoso, pero sin duda tenía el mérito de explicar por qué se había elegido algo tan feo, doloroso e infamante como el tatuaje de un número en el brazo como signo de pertenencia tanto a la escoria como a la flor y nata de la sociedad.

Pike vuelve a entrar en la bodega. Permanece un rato en silencio y pregunta:

—¿Quién es esa chiquilla? ¿Qué hace con ella?

—¿Seguro que quiere saberlo? Lo de la Operación Greif es más interesante.

—¡Soy yo quien hace las preguntas!

Pike inspira profundamente y se sienta en una caja de madera.

—Se la confiaron, ¿verdad?

—Sí, cuando era norteamericano.

—Debería haberla eliminado. ¿Es lo que suele hacer?

—Sí.

—¿Por qué no lo hizo?

Mathias hubiera deseado dar una respuesta sincera, verdadera, que incluso le hubiera iluminado, pero no era capaz.

—No lo sé —confiesa.

Esperaba una reacción exasperada del norteamericano, pero este le observa con un interés casi compasivo. La verdad era que ese Pike no tenía madera de soldado. Deberían haberle dejado seguir ejerciendo tranquilamente su oficio en Minnesota, enseñando ciencias en una escuela o algo por el estilo. Pike le había contado a qué se dedicaba en la vida civil, pero Mathias lo había olvidado.

—Bueno, pues canta acerca de la Operación Greif —dice Pike, con un suspiro.

Mathias se incorpora y empieza a explicar: el número de infiltrados que integran la misión, la orden de tomar los puentes sobre el Mosa para facilitar el avance de las tropas regulares y permitirles llegar a Amberes y a los depósitos de carburante. Señala en un mapa las tres rutas previstas.

—¿Qué posibilidades hay de que la operación sea un éxito? —pregunta Pike.

—Ninguna —responde Mathias con una sonrisa—. Es simplemente por amor al arte.

Pike contiene un escalofrío de espanto. Enciende un cigarrillo y da dos caladas, pensativo.

—Lo que has hecho por la cría no te salvará el pellejo.

—¿Ah, no? Creía que iban a darme una medalla.

Pike no puede evitar sonreír.

—La mayoría de tus amigos prefieren morir antes que proporcionar información. ¿Qué quieres tú?

Mathias le dio vueltas a la pregunta de Pike. ¿Qué quería? Se sentía más cansado que nunca. Estaba hasta el gorro. Esa guerra había dejado de divertirle desde su última infiltración en la Resistencia francesa, cuando tuvo que asesinar a tres adolescentes, dos muchachos de dieciseite años y una chica de dieciocho, en la plaza de un pueblo. Les disparó por la espalda cuando huían, ante la madre de los chicos, una mujer de un coraje excepcional que le había alojado y dado de comer durante semanas. Ese día se dijo que ya le daba igual vivir o morir. Sin embargo, no es tan fácil morir cuando uno es una bestia de guerra muy entrenada. Es más fuerte que uno mismo. Renée lo había puesto todo patas arriba. De nuevo había tenido ganas de vivir, por ella, y por él. Por él con ella. Deseaba vivir. Y así se lo dijo a Pike. Este sonrió apenado, porque no era eso lo que estaba previsto.

14

Pasó tiempo antes de que Jeanne superara el aturdimiento en el que la habían sumido los acontecimientos de la noche. Después de la especie de parálisis que se había apoderado de ella, vomitó abundantemente. Su mente estaba completamente en blanco. Solo su cuerpo era capaz de expresar algo, en forma de bilis ácida y ardiente. Agotada por los espasmos, yacía sobre los abrigos que le servían de colchón, flotando en una semiinconsciencia en la que las imágenes de esa noche se superponían con las de los días pasados, en un ballet nauseabundo e hipnótico; Mathias encañonando a los civiles con su arma, Mathias en la cocina la noche en la que trajo a Renée, Mathias penetrándola contra la pared del establo, Mathias comiendo, hablando, sonriendo, caminando, acariciándole el cabello con la mano, sin hacer nada, soplando su café caliente, apuntándola a ella con su arma, su nuca contra ella, su olor, su piel, la vena palpitando bajo la epidermis... Su mirada fría, su resolución al disparar, su boca, contra la pared, contra la pared...

Un nuevo reflujo obligó a Jeanne a levantarse y arrastrarse hasta el cubo que Berthe había colocado en un rincón. Después de cada salva de vómitos se sentía un poco menos confusa, pero no duraba mucho tiempo. Esta vez le vino a la mente un recuerdo que había rechazado: los golpes, la brutalidad de los soldados norteamericanos hacia Mathias, las patadas, los puñetazos en la espalda y el vientre. Fue precisamente en ese momento cuando empezó a vomitar. Se preguntó si aún seguía vivo. Todos parecían desear su muerte. Era un alemán disfrazado. ¿Y qué? Era la guerra, ¿acaso el fin no justificaba los medios? Había engañado a todo el mundo. Claro, ¿y qué más hubiera podido hacer? Marcharse, eso sí hubiera podido hacerlo. Pero quería quedarse. A Jeanne le hubiera gustado poder creer que era por ella. Sin embargo, era Renée quien le tenía pillado. Parecía haberle encantado. Y le había conducido a la muerte. Porque los norteamericanos se lo llevarían y le fusilarían. Jeanne experimentó un repentino odio hacia la chiquilla y se sorprendió al sentir cierta satisfacción ante la idea de la muerte de Mathias, casi inmediatamente reemplazada por una desesperación y un furor lúgubres. Se hallaba frente a la vieja Marcelle, que dormía como una bendita, sin duda en parte preservada por su sordera de los excesos violentos y las impactantes revelaciones. Por lo menos eso esperaba Jeanne. Se volvió, dándole la espalda a la anciana, y se acurrucó contra su hermana pequeña. Cuando el sueño estaba a punto de vencerla, vio una sombra adentrándose en el hueco de la escalera.

A Mathias aún le atormentaban el vientre y el ojo izquierdo, pero los otros puntos de dolor se habían anestesiado progresivamente. Observaba el reflejo de la luna sobre la estrecha banda de nieve, contra la entrada del tragaluz. Hasta él llegaba el ulular de un búho, pero no se oían deflagraciones, como si esa Nochebuena hubiera inspirado tácitamente una tregua. Pronto saldría y por fin podría estirar las piernas. Quizá sería allí donde todo acabaría, en ese lugar al que los americanos le llevarían. Si lograban encontrar a los suyos en medio de aquel jaleo.

Le habían cazado como a un pardillo. Un saludo envarado y entrechocando los talones. Como Erich von Stroheim en aquella película francesa que había visto en un cine en París justo antes de que Hitler la prohibiera. A Mathias solo le faltaba el monóculo. Se echó a reír sonoramente al recordar su vals con Jeanne creyéndose invencible, sintiendo que despertaba atracción y estremeciéndose bajo la mirada de ella, hasta que se dejó ir un segundo y el cuerpo recuperó ciertos automatismos que creía atados y bien atados. Y metió la pata hasta el cuello. En el fondo, uno nunca puede renegar de sus orígenes. La buena educación, el club, los torneos de esgrima o los bailes son cosas que uno destila y que se lleva consigo a la tumba. Unos años jugando a Davy Crockett y a espías no cambiaban las cosas. *La gran ilusión,* así se titulaba la película...

Mathias debería haber desconfiado de Dan. Había subestimado su intuición y sus celos. ¿O ya era demasiado viejo para ese juego de engaños? Solo tenía treinta y cinco años, pero Chihchuchimash siempre le decía que tenía el alma vieja.

No debía de ser el primero que veía cómo su vida se detenía en el preciso instante en que cobraba sentido. Era tan tópico que hasta le hacía gracia. Se preguntó si Chihchuchimash le veía con mayor claridad, como algo más que un tipo sin rostro. ¿Estaría aún viva? Se dio cuenta de que era la primera vez que se hacía esa pregunta. Crac ya tenía nueve años cuando Mathias lo dejó en el poblado. A esas alturas, sin duda ya habría muerto. En cuanto a sus padres, Mathias no tenía la menor idea de qué era de ellos desde hacía más de un año. Su hermana le hacía llegar noticias regularmente por carta hasta que un día las cartas dejaron de llegar. La última vez que Mathias vio a su madre fue al incorporarse a las SS, en la primavera de 1943. Cuando se lo comunicó, ella le respondió en francés: «¡Y qué más da!», y siguió con su labor de punto, un jersey para una organización de ayuda a los huérfanos de guerra. Se había vuelto amarga y marchita, y Mathias sintió pena al besar sus mejillas ajadas al despedirse. Ella le tomó de los hombros y le miró un buen rato sin decir nada. Vio cómo la mirada apagada se iluminaba repentinamente, bajo el efecto de un fugitivo sobresalto de amor materno, para luego recuperar su claridad mate y dura.

Mathias alza la cabeza hacia el tragaluz; ha oído unos leves ruidos furtivos, como de un roedor al rascar. Una manita regordeta arranca la tela metálica ya destripada que cubre el tragaluz. Mathias se pone en pie y avanza a la pata coja hasta la pared de enfrente. Enseguida aparece el rostro de Renée.

—¿Qué estás haciendo aquí?

—Arrancando la rejilla. Quiero bajar.

—¡Ni hablar! ¡Vuelve al sótano!

La chiquilla prosigue su tarea con tesón, como si no le hubiera oído. La entrada del tragaluz está casi despejada.

—¡Renée! ¡Haz lo que te digo!

Renée, sin embargo, ya se ha deslizado por la obertura y sus piernas cuelgan en el vacío. Mathias está furioso, pero no tiene más remedio que ayudarla para que no se caiga. Se aproxima y apoya la espalda contra la pared. Renée apoya los pies sobre los hombros de Mathias y se agacha. Y a continuación se desliza a lo largo del cuerpo del alemán, ágil como un mono. Mathias ya no era capaz de enfadarse. Esa cría le insuflaba una fuerza, un impulso vital, unas renovadas ganas de vivir que le galvanizaban y le esclavizaban más intensamente que todo cuanto creía que era el motor de su existencia: el trance del combate, la inminencia del peligro, la pasión por el riesgo y el miedo a la muerte.

Renée se halla frente a Mathias y descubre sus heridas. Observa su rostro ensangrentado y tumefacto durante unos segundos que parecen infinitos. Mathias se siente como Cristo ante santa Verónica camino del calvario. Sin embargo, Renée cambia de repente de expresión. Se desabotona el abrigo, desliza una mano debajo del jersey y saca el cuchillo de Mathias en su funda. Renée extrae lentamente la larga hoja de la vaina; el acero emite un destello puro y vivo cuando la niña lo hace girar con orgullo ante su rostro. Si muriera al día siguiente, esa sería la imagen que Mathias se llevaría consigo. No hay nada, nada en absoluto, en su vana existencia que le haga merecedor de la gracia que Renée le concede al elegirle. Se siente súbitamente frágil y despreciable, feo e insignificante. Aparta la mirada y en ese momento se detesta por ese gesto. Renée se inclina hacia las muñecas atadas de Mathias y se dispone a cortar la cuerda.

—¡No! No deben encontrarme desatado. Envaina el cuchillo.

Renée obedece. Está un poco triste al no poder cortar ese lazo y liberar ella misma a su soldado. Se ha visto haciendo ese gesto cien veces desde que ha conseguido el cuchillo en el sótano, donde el imbécil del teniente Pike lo había olvidado. Mathias toma el arma de manos de Renée, se agacha y desliza el cuchillo en su bota.

—Ahora debes irte —dice.

Renée asiente con la cabeza.

—Tendrás que borrar tus huellas en la nieve. Como hicimos con la liebre.

La chiquilla alza la cabeza hacia él.

—Lo sé.

Mathias se acerca a la pared y se coloca en posición para auparla.

—¿Cómo te llamas de verdad? —pregunta Renée.

Un instante de vacilación. Su nombre. Su verdadero nombre. Mathias parece incapaz de deletrear las sílabas. Desde el inicio de la guerra ha cambiado muchas veces de nombre. Y antes tenía un nombre indio; un nombre que significaba algo, un nombre que no mentía, el único que había llevado con orgullo. Su nombre, su verdadero nombre, como decía Renée, ya no significaba nada.

—Mathias. Mathias Strauss —responde sin convicción.

La niña repite el nombre en voz baja una vez, dos veces, tres veces, y luego el apellido, y luego el nombre seguido del apellido. Mathias Strauss. A continuación alza el rostro hacia él.

—Renée no es mi verdadero nombre, ¿sabes? Pero del otro no me acuerdo.

¿Cómo no había pensado en ello? ¿Cómo no se le había ocurrido desde que la conocía? Se llamaba Mathias Strauss y era importante, era el nombre que le pusieron sus padres, el nombre con el que respondió a sus amigos, a su familia. Todas sus consideraciones egocéntricas y su vida de engaños no cambiaban las cosas. Era Mathias Strauss y no otra persona. Hubiera dado cualquier cosa por poder hallar el nombre de la niña. Se deleitó imaginado un nombre lleno de consonantes rugosas, femenino y fuerte, que desplegara un cortejo de poderosas figuras bíblicas. Esther, Deborah, Sarah o Judith, y se preguntó si existiría en hebreo un nombre que tuviera el mismo sentido que Renée en francés, «la que ha nacido dos veces». Las lenguas indias hubieran proporcionado decenas de nombres. Y, a fin de cuentas, quizá simplemente se llamara Lucienne o Janine, pero en tal caso ¿por qué habría cambiado de nombre?

Ofreció a Renée sus manos entrelazadas para ayudarla a trepar. La niña se encaramó por su cuerpo y, al llegar a la altura de su rostro, se detuvo un instante. Mathias sintió de nuevo con emoción el suave olor de la chiquilla, con un leve aroma a talco para bebé. La propulsó hacia lo alto. Renée se puso de pie sobre los hombros del alemán, se agarró al marco de hierro del tragaluz y se izó al exterior. Le dirigió una última mirada antes de desaparecer.

Pronto amanecería. Mathias tenía ahora un cuchillo en su bota y no era un cuchillo cualquiera, sino el que llevaba su nombre indio, aquel con el que había matado mucho. Intentó dormir un poco, pues era lo mejor que podía hacer antes de partir. Ya pasaría a la acción llegado el momento. Logró cabecear durante más de una hora, hasta que le despertó el ajetreo detrás de la puerta. Chirriaron los cerrojos, una llave giró en la cerradura y Pike entró flanqueado por Treets y Max. Treets se aproximó a Mathias y le ordenó que se levantara. Comprobó sus ataduras y le registró. Mal. No descubrió el cuchillo oculto en la bota. Hicieron salir a Mathias de la bodega. Todos los civiles estaban despiertos. Mathias sintió sus miradas de reproche, odio e incomprensión. Su mirada se cruzó con la de Jules y sus ojos expresaban más bien una especie de simpatía mal asumida. Parecían decir: «Eres un cabrón, pero me caes bien, no puedo evitarlo». En cuanto a Jeanne, tenía unos rasgos muy desfigurados y fatigados... Era como si se hubiera ausentado de sí misma. Mathias era incapaz de adivinar qué la sostenía.

Pike agradeció a Jules y a los civiles su hospitalidad. Era la acogida que cabía esperar para aquellos jóvenes yanquis que se las daban de héroes pero, en realidad, no era el caso. Pike lo sabía. Era un hombre cortés. Los dos heridos se habían sumado al grupo. No estaban en condiciones de arrastrarse por el bosque a diez grados bajo cero, pero Pike había decidido que no dejaría atrás a los tullidos. En caso de que los alemanes los encontraran, los civiles correrían peligro y nadie podría defenderlos. Pike se parecía cada vez más a Ashley Wilkes en *Lo que el viento se llevó*, el tipo que no rehúye su deber de soldado, pero que es tan noble e íntegro que le desespera tener que hacer la guerra. Los hombres así suelen perder el norte y se convierten en guiñapos una vez regresan a sus hogares. La mujer y los tres hijos de Pike podrían comprobarlo si lograba regresar con vida.

Mathias aún no había visto a Renée. Treets le empujó bruscamente para que avanzara. El alemán se volvió y le dirigió una mirada asesina. Por fin vio a la niña, sentada al lado de Ginette. Renée se puso en pie y se plantó frente a todo el mundo, delante de Mathias. Se miraron un instante. Nadie osaba decir palabra y apenas se respiraba en presencia de aquellos dos. Jeanne recordó la primera vez que los vio. Dos animales salvajes. Pike decidió romper el silencio. Salieron del sótano.

15

En cuanto se marcharon los soldados se alzó un murmullo. Los civiles necesitaban dar rienda suelta de nuevo
a su indignación. Y empezaron a decir y a repetir cosas
ya dichas. Se plantearon las mismas preguntas que ya se
habían hecho, y lanzaron exclamaciones ya proferidas
aquella noche. Eso les sentaba bien, les hacía pasar el
tiempo, les hacía olvidar el hambre y el frío, y además no
costaba un céntimo. Hubert se alegraba de que el «cabeza cuadrada» se hubiera marchado, a Werner le parecía
«extraño», a Françoise no le gustaba su «cara rara» y se
reprochaba no haber sospechado nada. Todos habían olvidado que, unas horas antes, Mathias era el más «en-
cantador», el más «elegante», el más «servicial» y mira
lo bien que baila, y lo contenta que parece Jeanne, y ¿no
es adorable cómo trata a la chiquilla? Ay, si todos fueran
como él, ¡esos americanos maleducados! Jules se repri-
mía para no refrescarles la memoria. Hubert se aproximó

a él cubriéndose la boca con la mano con aires de conspirador.

—Si tuviera unos años más, habría probado la esquiladora —murmuró señalando a Renée con la cabeza.

De inmediato, Jules se abalanzó sobre él, apretando los puños.

—¿Qué has dicho? No te he oído...

—Nada —murmuró Hubert.

—Ah, me había parecido...

Pensar que Jules había tenido que frecuentar al cretino del guarda rural tanto tiempo hasta darse cuenta de que era un mierda. Sin duda Hubert tampoco hubiera puesto reparo alguno en que a Jeanne también la afeitaran con la esquiladora por haber bailado con un alemán. Bueno, bailar... Jules no se chupaba el dedo; conocía suficientemente a su hija como para sospechar que también le había descubierto a Mathias otros talentos además del don para el vals vienés. Tendría que asegurarse del silencio de Hubert cuando la guerra acabara por fin. Jules fue a sentarse más lejos. Todos habían mantenido el mismo lugar que ocupaban desde la llegada de los norteamericanos. Al observar a sus huéspedes, Jules advirtió que faltaba alguien y dijo, en voz alta:

—¿Habéis visto a Philibert?

Hubo un silencio. Todo el mundo miró a derecha e izquierda y le llamaron. Philibert no aparecía, pero no le dieron mayor importancia. El chico tenía por costumbre ir y venir a su aire, con guerra o sin. Debía de haberse escabullido durante el altercado con el alemán. Probablemente regresaría cuando le viniera en gana. O cuando se le necesitara.

Renée había vuelto a instalarse cerca de Ginette, la única persona al lado de la cual la chiquilla no se sentía juzgada. Ginette la había visto entrar a hurtadillas en el sótano de los soldados y apoderarse del arma de Mathias en las narices de Pike mientras este conversaba con uno de sus hombres. La había visto salir del sótano para reunirse con su soldado, con el arma escondida debajo del abrigo. Y, al cabo de unos minutos, la niña había vuelto a acurrucarse a su lado y le había dicho:

—Mathias vendrá a buscarme, ¿sabes?

El teniente Pike abría el camino, seguido de Mathias, flanqueado por Max y Treets. Macbeth y cuatro soldados ocupaban el centro de la fila. Los dos heridos se arrastraban penosamente detrás del grupo. Hacía mucho frío, con un viento del norte que se metía por debajo de la ropa y calaba hasta los huesos. Mathias solo vestía una camisa y la chaqueta; la sangre le circulaba con mayor dificultad por las manos y los brazos debido a los nudos en las muñecas, que Treets se había ocupado de apretar antes de ponerse en marcha. Estaba bien vigilado por los dos paletos que no le quitaban ojo. Caminaron más de dos horas antes de hacer una pausa. Bebieron un poco y encendieron unos cigarrillos. La tensión se relajó y Mathias aprovechó para atarse los cordones, lo que le permitió recuperar el cuchillo, que se escondió en la manga. Reemprendieron el camino, pero pronto se detuvieron al oír un ruido de motor cercano. Pike ordenó que se pusieran a cubierto. Todos se desperdigaron; Max y Treets condujeron a Mathias detrás de unos helechos. Dos jeeps alemanes pasaron por un pequeño camino que bordeaba el bosque. Cuando el último vehículo hubo desaparecido de su vista, los soldados salieron de sus escondites. Se volvió a formar la fila, pero Mathias y sus dos guardianes se pusieron al final.

Mathias tropieza, golpea a Max y se lanza en sus brazos. Treets le pregunta a Max si todo va bien, porque tiene una expresión muy rara. Mathias se separa del soldado agarrándole un hombro con una mano, en un gesto de consideración; con la otra mano retira la hoja del cuchillo de su abdomen. Treets no tiene tiempo de hacer gesto alguno ni de gritar, y se desploma con el cuchillo clavado en la garganta. Mathias recupera el arma y la sostiene entre los dientes. Se agarra al primer tronco de árbol a su alcance y se encarama a toda velocidad.

Al frente, Pike se detiene. Se vuelve y escruta el bosque. Llama a Max, pero no obtiene respuesta. Vuelve sobre sus pasos y sus hombres le imitan. Un poco apartados del sendero, detrás de unos helechos, hallan los cadáveres de Max y de Treets, bañados en su propia sangre. Treets aún está vivo y en sus labios borbotean flemas y burbujas negras. Intenta hablar. Pike se agacha y le sostiene la cabeza. Los ojos del moribundo giran una última vez en sus órbitas y luego se inmovilizan. Pike deposita su cabeza suavemente y se pone en pie. El teniente y el resto del grupo siguen las huellas de pasos en la nieve, pero estas desaparecen súbitamente, como si el tipo hubiera alzado el vuelo. Y no hay ninguna otra huella en un radio de varios metros.

Pike observa las ramas altas de los árboles en derredor. No está tranquilo y recuerda lo que el pobre Max le dijo a propósito de los hombres de Skorzeny antes de obligarle a salir de la bodega. Su descripción entusiasta de las hazañas de aquellos cabrones disfrazados le sorprendió mucho. Pero no le creyó. Y debería de haberlo hecho: Max y Treets aún seguirían con vida. Pike siente que Macbeth le dirige una mirada torva: cree que deberían haber matado al alemán en lugar de ofrecerle un paseo saludable. De todas formas, ¿cómo había obtenido ese cuchillo? ¿Y cómo había sido capaz de escalar uno de esos pinos sin ramas bajas, que no ofrecían ningún punto de apoyo? Si todos los amiguitos del Fritz que circulaban por los caminos vistiendo el uniforme americano eran unos Batman como él, sería mejor prepararse para lo peor. Pike creyó a Mathias cuando le aseguró que la Operación Greif era pura fanfarronería. Ahora dudaba de la buena fe del alemán.

Mathias los observaba desde lo alto de un pino. Veía a Pike pensando sin lograr tomar una decisión, como de costumbre. ¿Qué más podía hacer aparte de largarse? Si se decidían a esperar al pie del árbol, Mathias se vería obligado a matarlos a los seis, lanzándose sobre ellos por sorpresa. Para él no sería un problema. Vamos, Pike, lárgate, ¡me estás haciendo perder el tiempo! El teniente suspiró y se decidió finalmente a ordenar a sus hombres proseguir el camino.

Jules tuvo que poner orden de nuevo en los sótanos de la granja. Françoise estaba histérica ante la posibilidad de que los alemanes llegaran y descubrieran a Renée, y las palabras de Hubert, al igual que las del maestro, alimentaban su angustia. Cuando Berthe trató de calmar la situación diciendo que Renée no llevaba escrito «judía» en la frente, Werner le replicó que los alemanes tenían un olfato infalible para reconocer a un judío, y que Renée no tenía mucho aspecto de ser originaria de las Ardenas. Jules le arreó un puñetazo en la mandíbula a Hubert y los amenazó a él y a Werner con ponerlos en la calle, y al fin cerraron el pico. Autorizaron a los niños a jugar en el patio, bajo la vigilancia de Jules, sentado en las escaleras de entrada.

Renée se dirige al establo, donde Salomon la recibe con un relincho. La chiquilla apoya la cabeza contra el costado del animal y se calienta con ese cuerpo robusto y musculoso. Disfruta plenamente de esos minutos de soledad, lejos de los demás, que hablan demasiado. Imagina a Mathias, caminando con los americanos. Lleva su cuchillo escondido en la bota. El bosque es su reino. Le han pegado y tiene la cara hecha trizas, pero sus recursos son inmensos. Renée cierra los ojos y se le aparece el rostro del alemán, con aquella enigmática expresión en la que la chiquilla había aprendido enseguida a descifrar los movimientos del alma. Le envía toda su fuerza, su determinación y su confianza. Renée está tan absorta en su muda plegaria que no oye los gritos de Jules a los niños, los motores del jeep y del blindado al entrar en el patio, y luego el taconeo de las botas y los gritos. Aún sumida en su visión, se dirige lentamente hacia la puerta del establo y la abre. Los civiles están alineados delante de las escaleras, con las manos sobre la cabeza. Están rodeados por unos quince soldados. Renée se detiene. Son alemanes. Tiene que dar media vuelta, pero ya es demasiado tarde pues dos soldados han vuelto la cabeza hacia ella. Afortunadamente, no ha hecho ningún gesto de miedo o de huir. Por un breve instante su mirada se cruza con la de un hombre que se halla en las escaleras de entrada; viste de manera distinta a los demás y luce un quepis en lugar de casco. Debe de ser el jefe. Renée cruza el patio con paso firme y se coloca junto a los civiles.

—Tenemos visita de tus amigos —le espeta Albert.

En respuesta, Renée le propina un puntapié en la tibia. En las escaleras, el oficial de las SS permanece inmóvil y se limita a deslizar su mirada fría sobre los civiles. La vieja Marcelle se desploma. Berthe se lanza hacia ella, pero un soldado le vocifera una orden. Berthe regresa a su lugar. El oficial habla finalmente, en francés:

—Tienen cinco minutos para abandonar la granja. Los que no se hayan marchado serán eliminados.

Murmullos de terror. El SS consulta su reloj. Werner da un paso al frente y alza la mano, para mostrar que desea hablar. El oficial le hace un gesto desganado que significa que le escucha.

—Aquí hay niños y ancianos —dice en alemán—, el sótano es grande y hay espacio para todos. Solicitamos autorización para quedarnos.

El oficial le mira con cierta curiosidad. Por fin un belga que habla alemán perfectamente. No es algo corriente en ese maldito rincón perdido en el que, sin embargo, se supone que algunos habitantes son de habla alemana. Los ojos del SS escrutan los rostros: el de la chica guapa de aire altivo, el del tipo corpulento que se le parece y debe de ser su padre. Y a esa niña de cabello y ojos muy negros. La que ha salido del establo, sola… Una decisión, el oficial debe tomar una decisión. ¿Fusilarlos a todos, sin ofrecerles siquiera la posibilidad de marcharse? ¿Como en aquel pueblo de nombre imposible, Prafondy… Pardron… Parfondy…, o algo así, donde en una granja mató a más de una treintena? ¿Dejarlos vivir, como cucarachas aterrorizadas, mientras él y sus hombres se instalan en el sótano, que es grande, como ha dicho ese? Hace mucho frío. Y sus hombres llevan muchas horas de camino. Tiene los dedos de los pies insensibles dentro de sus altas botas de piel. Observa las manos de los civiles, temblorosas, miserables, sobre las cabezas inclinadas. Esa imagen tan familiar le sume en un profundo hastío. Sin embargo, los gritos y los cuerpos desplomándose bajo las balas después de cagarse encima le aburren por igual. Después de todos esos años, solo hay aún una cosa capaz de sorprenderle, de hacerle vibrar en su interior, de arrancarle un segundo de emoción. Y es esa facilidad con la que puede provocar la muerte. O mantener la vida. Basta una sola palabra o un gesto. Es tan sencillo como accionar un interruptor. Clic: luz. Clic: tinieblas. Clic. Esta vez han ganado las cucarachas vivas.

—De acuerdo —dice a regañadientes—, pueden quedarse. Pero a condición de que preparen la comida y que permanezcan allí donde se les ordene.

Y todo recomenzó al igual que con los norteamericanos. Y como con otros alemanes antes de aquellos. El interminable registro de la granja mientras se helaban en el exterior, las mujeres enviadas a preparar la comida con miserias. Pero esta vez, el SS se había incautado del sótano grande para él y sus hombres mientras los civiles tenían que conformarse con el pequeño sótano en el que habían estado los soldados norteamericanos. Y tuvieron que ceder la mayoría de las mantas y de los colchones a los alemanes.

Era la tercera vez que Renée se hallaba tan cerca de ellos, contando el día en que se encontraba en casa del cura cuando se presentaron en Stoumont. Así que hasta ese momento solo los había entrevisto, como siluetas con casco y botas sin rostro, desplegándose como otros tantos miembros de un único cuerpo, al ritmo entrecortado de los gritos procedentes de una cabeza que nunca alcanzaba a ver. Esta vez, la cabeza era muy visible. El oficial daba las órdenes, se desplazaba con lasitud y lo contemplaba todo con una mezcla de desgana y de asco. La mayoría de los soldados parecían cansados y muy nerviosos. Hablaban en voz alta y se reían mucho, pero sin alegría. Renée prestaba atención a las conversaciones de los soldados; su lengua, hablada así y no ladrada, removía algo en su interior y le producía un efecto tranquilizador. Como cuando oyó a Mathias hablar en alemán en el bosque.

Jeanne llegó al sótano, aterrorizada.

—El oficial quiere que los niños suban.

Françoise lanza un grito agudo. Los niños se acurrucan contra las mujeres.

—¿Por qué? —pregunta Sidonie.

—Para comer —responde Jeanne.

Los críos abren unos ojos como platos ante semejante

perspectiva, aunque saben que la comida será tan escasa como las precedentes. Los adultos están perplejos. Las miradas se vuelven hacia Renée. Toman la decisión de dejarlos subir.

16

En la cocina, el oficial se halla sentado a la mesa ante un plato vacío. Está seguro de que esa papilla se le atravesará en el estómago, que tiene delicado. Los niños entran en la habitación, acompañados de la muchacha guapa, completamente aterrorizada. Los chiquillos se hallan frente al oficial. Sus miradas se clavan en la madera de la mesa. El oficial alza la mano para llamar la atención del soldado que se encuentra detrás de él y este trae unos platos llenos de las eternas gachas y los deposita delante de los niños. Sin embargo, estos no se atreven a servirse; no hay cubiertos. El pequeño Jean es el primero en decidirse. Hunde los dedos en el plato, recoge la mezcla y se la lleva a la boca con glotonería. El oficial sonríe, invitando con un gesto a los demás niños a imitar a Jean. El alemán observa cada rostro con atención y más detenidamente el de Renée. Jeanne sigue allí, dos pasos detrás de las criaturas. No aparta la vista de los ojos del alemán; su corazón late desbocado. Tiene la impresión de que sus latidos son claramente visibles y se siente palidecer cuando los ojos del oficial la miran a ella.

Renée sigue comiendo tranquilamente. Alza la vista y por un segundo se cruza con la mirada del oficial. Su instinto le dice que debe enfrentarse al adversario con naturalidad, como si no tuviera nada que reprocharse. Logra incluso esbozar una sonrisa antes de concentrarse de nuevo en el plato. Los cereales se le pegan a los dientes. Tiene tal nudo en la garganta que no es capaz de tragar. Siente que el oficial no aparta la vista de ella. Está como en la pila de carbón, hostigada por el rayo cegador de la linterna. Los ojos del oficial también la acosan. Buscan bajo la superficie de las cosas y Renée se da cuenta de que esos ojos de un gris descolorido son más eficaces que una linterna; acabarán encontrando lo que buscan. Se deslizan sobre sus rasgos y sus gestos casi con fascinación.

Renée había oído la conversación de los adultos acerca del olfato infalible de los alemanes para identificar a los judíos. Se preguntaba qué signos podrían delatarla y, entre esos signos, cuáles estaba en su mano ocultar al oficial. Tenía la certeza de que el miedo era un indicio importante. Y se hallaba en condiciones de hacer desaparecer ese indicio. Lo intenta con todas sus fuerzas mascando la papilla, fingiendo apetito, intercambiando miradas de despreocupada connivencia con Louise. El oficial abandona finalmente su contemplación. A bocajarro, le pregunta a Louise:

—¿Cómo te llamas?

—Louise Paquet —responde con seguridad—. La granja es de mi padre —añade en un tono ligeramente desafiante.

Jeanne da un paso al frente y apoya una mano sobre el hombro de Louise. El oficial le sonríe. Luego les pregunta lo mismo a Charles, a Jean y a Micheline. La niña se queda en silencio; parece no haber oído la pregunta. Louise habla en su lugar. El oficial mira de nuevo a Renée y le pregunta su nombre. Ahora su voz es diferente, más suave, e intenta parecer tranquilizadora. Renée engulle el bocado, le mira a los ojos y responde:

—Me llamo Renée.

¡Qué ojos! Oscuros. Astutos. Y esos rasgos... Pómulos altos, labios gruesos, nariz grande. No es una nariz aguileña, pero sí muy visible, y de fosas nasales dilatadas. Interesante. ¿Y qué hacía, ella sola, en el establo? Podría ser una de ellas. Una judía milagrosamente viva, en ese rincón olvidado en medio del campo. La criatura se sabe observada, pero mantiene una calma extraordinaria. Aguanta la mirada del SS con enorme sangre fría. Bien hecho. Pero él no es ingenuo. ¿Cuántos especímenes de esa calaña habrán logrado escapar de sus redes y se ocultan bajo tierra como ratas, en sótanos como aquel? ¿Cuántos crecerán y se multiplicarán mientras Alemania ve agonizar a sus propios hijos bajo las bombas? El SS se pone en pie súbitamente y hace una señal con la mano.

—*Raus!* ¡Todo el mundo fuera!

Jeanne se apresura a hacer salir a los niños de la habitación.

Al bajar la escalera, Renée se siente de repente invadida por una enorme fatiga. Desearía huir, dejar aquel lugar, refugiarse en la cabaña. Ese juego es demasiado difícil y ya se ha hartado. Va a sentarse al lado de Ginette, pero ni siquiera la bondad de la anciana basta para tranquilizarla. Los otros guardan las distancias con ella, como si padeciera una grave enfermedad contagiosa. Algunos lo hacen sin querer, sin ni siquiera percatarse. Berthe evita su mirada; y ya ni tan solo Jules le dirige sonrisas o guiños. Los comprende; los ha puesto a todos en peligro. Y morirán, pase lo que pase, tanto si Renée se marcha como si se queda. Su sola presencia entre aquellas personas las condena. Los alemanes castigan a quienes ayudan a los judíos. Renée piensa en la muerte de los civiles con un vago y tibio sentimiento de tristeza. Desde que se llevaron a su soldado no anda sobrada de empatía y se siente vacía. Por primera vez Renée contempla seriamente la muerte de Mathias. Y la suya. Y continuar el juego sin él ya no la divierte.

Al caer la noche, los alemanes, que habían estado sobre todo en la planta baja, descienden al sótano. Dos soldados traen un sillón grande de orejeras que han encontrado en la sala y lo instalan en un rincón, para su superior. El oficial examina la pila de discos y elige uno que pone en el gramófono. La voz de Édith Piaf llena el sótano. En lugar de distender el ambiente, la música crea un malestar suplementario. Y Jules se dice que esa noche quizá le hará detestar a Piaf para siempre. El oficial se sienta en el sillón canturreando. Un soldado le sirve un vaso de vino; Jules se ha visto obligado a entregar unas botellas de muy buen vino que ocultaba detrás de una pared de la bodega. Los soldados beben sin moderación; no tienen interés alguno en degustar esos viejos borgoñas. Necesitan alterar sus conciencias, perderse, o quizá encontrarse un poco a sí mismos entre dos episodios de guerra. Enseguida, la ebriedad se impone entre esos hombres cansados. Cantan a voz en grito y algunos esbozan unos zozobrantes pasos de baile. El oficial tiene mal vino. Su rostro se ensombrece a cada nuevo trago y suelta de repente una sonora carcajada maligna para sumirse acto seguido en un silencio lúgubre e inquietante. Los civiles no pueden dormir. Micheline se echa de nuevo a llorar. Intentan hacerla callar, distraerla, pero cada vez llora con más ganas. El oficial irrumpe en el sótano, arma en mano, y encañona a los civiles.

—¡Silencio! —grita.

Todo el mundo calla y se queda inmóvil, excepto Micheline. La situación aumenta su desasosiego y le produce un pánico aún mayor. Llora más desconsoladamente, sacudida por violentos y ruidosos sollozos. Se halla en brazos de Sidonie, completamente impotente.

—¡Haced que esa cría calle ahora mismo! —vocifera el oficial.

Micheline, sin embargo, empieza a proferir unos chillidos agudos. Sidonie le pone una mano sobre la boca, pero Micheline se libera. El oficial amartilla su pistola y apunta tranquilamente a la cabeza de Micheline. El rostro de Sidonie se descompone. El oficial se dispone a abrir fuego cuando un cuerpo se interpone entre él y su blanco. Es Jeanne, que se halla de espaldas al alemán y se agacha para tomar a Micheline de los brazos de Sidonie. La joven se incorpora, con la niña en brazos, frente al oficial. El arma sigue apuntando a la cabeza de la chiquilla. El oficial titubea y acaba bajando su Luger. Jeanne pasa delante de él y cruza corriendo el sótano grande. Sube la escalera, seguida por un soldado. El oficial permanece junto a los civiles. Contempla sus rostros con desprecio. Su mirada se detiene en el de Renée, sentada al lado de Berthe.

—¿Es tu hija? —le pregunta a esta.

—No —responde Berthe—. Renée perdió a su familia en Trois Ponts. Vino aquí con el maestro.

El alemán se encoge de hombros y se deja caer en el sillón, toma una botella del suelo y bebe unos largos tragos a gollete. ¡Con el maestro! Esa gente no pierde nada por esperar. Al amanecer, ¡clic! Tinieblas. Ahora está demasiado cansado y demasiado borracho. Tiene que dormir. Por lo menos echar una cabezada, unas horas. Hace días que no pega ojo. Unos cuantos soldados siguen bramando estúpidas canciones obscenas. Poco tiempo atrás, eso les hubiera costado un castigo. ¡A callar! ¡Cerrad la boca! El SS ha gritado. Los soldados han callado. Son unos pobres desgraciados hambrientos y entumecidos. Entre ellos hay dos que apenas tienen quince años. Con unos ojos grandes llenos de angustia; pero también de coraje y fervor. Esos son los héroes de Alemania. Los sacrificados por la gran victoria final. El SS, sin embargo, sabe que la situación ha cambiado. Se acerca el final. Y esos hombres que cantan y ríen son ahora como los hoplitas de Leónidas, dispuestos a caer frente al ejército de Jerjes, cubiertos de gloria por los siglos de los siglos. Si el Reich no puede sobrevivir debe saber morir, esas eran más o menos las palabras de uno de los últimos discursos de Goering. A las SS les corresponde orquestar esa caída, ese apocalipsis sin precedente en la historia. Una desaparición sublime y terrible, que quede grabada para siempre en la memoria. Una lágrima destella bajo el párpado semicerrado del oficial. Entona en voz queda un cántico, «Wo *wir sind da geht's immer vorwärts, und der Teufel der lacht nur dazu, ha, ha, ha, ha, ha! Wir kämpfen für Deutschland, wir kämpfen für Hitler...*»*, y pronto se

---

* «Donde sea que vayamos, siempre avanzamos / Y el diablo solo ríe: / ¡Ja, ja, ja, ja, ja! / luchamos por Alemania / luchamos por Hitler...» *(N. de la A.)*

suman a él algunos hombres. Pero «La canción del Diablo» enseguida es reemplazada por tonadas menos solemnes. El oficial no lo impide. Un soldado acaba de vomitar sobre su vecino y un olor nauseabundo se extiende por el sótano. El oficial vuelve a sentarse en el sillón y esconde la cabeza bajo el cuello del abrigo. Aún no han llegado a las Termópilas.

Jeanne se encontraba en el establo, sentada contra la pared, exactamente allí donde había hecho el amor con Mathias. El recuerdo de su aliento en la nuca se apoderó de ella. Se estremeció y se sentó más cómodamente, estrechando el cuerpo de Micheline contra el suyo. La pequeña lloriqueaba en voz baja. El soldado que las acompañaba permanecía en pie, con la espalda apoyada contra la pared. Fumaba con la mirada extraviada. Jeanne advirtió que no era joven. Parecía cansado y estaba un poco encorvado. Jeanne se puso a cantarle a Micheline una vieja canción infantil. El soldado volvió la cabeza hacia ella y se sentó. «*Aux marches du palais, aux marches du palais...*»* Jeanne tenía la impresión de que su canción le hacía tanto bien al soldado como a la niña. El hombre la miraba con una sonrisa dulce, como extraviado en sus recuerdos. También él un día fue niño, como los que tem-

* «En las escaleras de palacio...» *(N. del T.)*

blaban de miedo en el sótano; también él había necesitado que le reconfortaran y le abrazaran. ¿Pensaría en sus propios hijos en Alemania? Ahora era soldado de las SS y era él quien sembraba el terror y provocaba el deseo de desaparecer de su vista para no cesar de existir.

A través del tragaluz llegaban de vez en cuando gritos de borrachos y ruido de cristales rotos. El soldado adoptaba entonces una expresión desolada y cambiaba de posición para recobrar el aplomo. Jeanne seguía cantando; eso también la calmaba a ella y se sentía a gusto rodeada por el calor y el olor de las vacas, con Micheline arrebujada contra ella y aquel hombre ya mayor que la escuchaba en un silencio casi fraternal. Al día siguiente quizá los tres estarían muertos. Lo pensó sin darle más vueltas, como si se tratara de una eventualidad banal. El soldado se inclinó hacia Micheline, que finalmente se había dormido. Miró a Jeanne e hizo ver que dormía señalando a la pequeña y levantando el pulgar. Un ruido sordo hizo que los dos se volvieran hacia la puerta del establo, que había quedado abierta. El soldado se levantó, se llevó un dedo a los labios e indicó a Jeanne que se quedara allí. Salió del establo sin hacer ruido. Un poco desconcertada, Jeanne siguió cantando. Le hubiera gustado que el soldado se quedara a su lado, sin moverse, hasta el fin de los tiempos. No quería volver allá abajo, oír los gritos, sentir la angustia, la cobardía de Hubert y de Françoise, ver a su padre dejándose humillar por el tono y los modales de aquel SS y, por encima de todo, no era ya capaz de temer por la vida de todos ellos. «*La belle si tu voulais, la belle si tu voulais, nous dormirions ensemble lonla...*»*

El soldado regresó. Se abrió paso entre las vacas y volvió a sentarse al lado de Jeanne. Caminaba más erguido y sus pasos eran más ágiles. Sin duda ese pequeño intermedio le había hecho tomar conciencia de que no debía distraerse y comportarse con demasiada familiaridad. Jeanne esperaba por lo menos una mirada, una sonrisa que indicara que todo iba bien, que podía retomar las cosas allí donde las habían dejado, él absorto en sus pensamientos y ella en los suyos, con Micheline en brazos de Jeanne. Sin embargo, el soldado miraba al suelo. Finalmente, alzó la cabeza hacia Jeanne. Unos ojos claros aparecieron bajo el casco. Jeanne abrió la boca y la mano de Mathias le ahogó el grito.

—Sigue cantando —le dijo en voz muy baja.

Jeanne estaba tan estupefacta que no podía más que obedecer, así que siguió cantando «Aux marches du palais», con voz temblorosa. Mathias se quitó el casco y se pasó la mano por el cabello; llevaba treinta y seis horas sin dormir. La voz de Jeanne le provocaba un irresistible deseo de cerrar los ojos. Y le vino un pensamiento a la mente. Esa muchacha no debería estar en medio de toda

* «Guapa si tú quisieras, guapa si tú quisieras, dormiríamos juntos la la...» *(N. del T.)*

esa mierda. Mathias deseó de todo corazón que encontrara a un buen tipo que le ofreciera un poco de alegría, una chispa de vida; un hombre que la contemplara desarrollarse sin cerrarle la boca, sin preñarla hasta que tuviera el vientre y los senos tan fláccidos como odres vacíos, uno que la dejara envejecer en paz. «*Et nous y dormirions, et nous y dormirions, jusqu'à la fin des mondes, lonla, jusqu'à la fin des mondes.*»* Micheline se agitó en sueños. A una señal de Mathias, Jeanne la desplazó con cuidado y la tendió sobre la paja.

—¿Dónde está? —preguntó Mathias.

Evidentemente, se refería a Renée... Jeanne era incapaz de comprender lo que le estaba ocurriendo. La cólera y el resentimiento se enfrentaban a la alegría de ver a Mathias con vida.

—Esperaba que te mataran —le dijo.

—Lo sé —respondió él con una sonrisa.

La muchacha le dio una bofetada. Durante un segundo creyó que se la iba a devolver, él se limitó a frotarse la mejilla.

—¿Son quince, verdad? —preguntó.

—Más o menos. No los he contado.

—¿Están todos en el sótano grande?

—Sí.

* «Y allí dormiríamos, y allí dormiríamos, hasta el fin del mundo, la la, hasta el fin del mundo.» *(N. del T.)*

—¿Y los civiles?

—En el sótano de los americanos.

—¿Y Renée?

—El oficial ha hecho subir a los críos para darles de comer. Ha mirado a Renée de una manera extraña. Creo que lo sabe.

Mathias había visto el *panzer* al encaramarse a un árbol junto a la carretera para observar los alrededores. Se le heló la sangre al ver que eran SS, una unidad destacada de la división Das Reich, responsable de la matanza de un pueblo entero cerca de Limoges en junio y de algunas otras acciones patrióticas por el estilo. Los siguió a través del bosque y, al comprender que se dirigían a casa de los Paquet, dudó si unirse a ellos antes o después de haber entrado en la granja. Optó por la segunda solución. Escondido en el tejado del establo, Mathias asistió a la concentración en el patio y a las amenazas del oficial. Se enojó cuando Werner presentó su petición y el *Brigadeführer* se lo concedió. Renée corría mucho peligro junto al SS. Mathias no le conocía, pero adivinó de inmediato a qué especie pertenecía. Y no era la buena.

—Te acompañaré abajo —dice a Jeanne.

—¡No!

La muchacha hace un gesto de levantarse, pero Mathias la toma de la muñeca y la retiene sentada.

—¡Gritaré! —murmura la muchacha.

Jeanne intenta liberar su brazo de la presa de Mathias,

pero este la agarra de los hombros, la atrae hacia él y la besa. Jeanne se resiste y mantiene los labios cerrados. En otras circunstancias, a Mathias le hubiera parecido divertido, pero no en ese momento. Aprieta con más fuerza la boca de la muchacha e intenta abrírsela, en vano. Abandona sus labios y se desliza hacia su cuello, pero siente cómo los músculos y los nervios se contraen a su contacto. ¡Bueno, no va a dedicar a eso toda la noche! La resistencia de Jeanne le pone ahora en un estado de cólera fría. Preferiría hundirle el cuchillo en las entrañas y sentir su cuerpo relajarse lentamente entre sus brazos y ceder. La máquina de matar se ha puesto de nuevo en marcha al mandar a Dan al otro barrio, seguido de Max y de Treets, y por último del viejo SS. Jeanne sigue rechazándole obstinadamente, aparta el rostro y no cesa de moverse. Se imagina golpeándola con todas sus fuerzas. ¡Pobre tonta! Se lleva una mano a la vaina, mientras con la otra agarra con firmeza a la muchacha por la nuca. Jeanne empieza a cansarse y sus ojos se llenan de lágrimas. El miedo se ha apoderado de ella. Mathias puede sentirlo físicamente, incluso en la piel que se humedece bajo el cabello. Acaba soltándola. Se echa a llorar. Mathias se vuelve con un suspiro. De repente, la muchacha le abraza y se echa en sus brazos, agitándose con unos sollozos de niña. Lo ha logrado, bastaba un poco de paciencia. Jeanne alza la mirada, busca la boca de Mathias y le besa con pasión.

Se dirigen al sótano, llevando a Micheline dormida en

brazos de Jeanne. Mathias camina detrás de ella, con el casco inclinado cubriéndole los ojos. Los soldados están tendidos aquí y allá. Unos duermen y otros tararean una canción de taberna, en un estado comatoso. El oficial está sentado en el sillón, aparentemente dormido. Mathias y Jeanne cruzan el sótano grande. En el momento en que Jeanne entra en el sótano de los civiles, un soldado se despierta y tira del pantalón de Mathias.

—¿Qué tal, la moza? —pregunta con voz pastosa.

—Rica como una *Sachertörte* —responde Mathias.

El soldado sonríe estúpidamente y de nuevo tira de los faldones de Mathias, alzando la voz. Mathias se vuelve y, rápido como el rayo, agarra la cabeza del soldado con las dos manos y le rompe la nuca en el acto. Deposita suavemente la cabeza colgante en el suelo. Al incorporarse, Renée se halla frente a él. Contempla al soldado muerto en el suelo con desapego. Mathias dirige una última mirada a Jeanne. Sabe que a la mañana siguiente, en cuanto el oficial se percate de la ausencia de Renée y de la muerte de los dos soldados, a buen seguro los hará fusilar a todos, o solo a algunos, a su antojo. Jeanne también lo sabe. Al besar a Mathias, unos minutos antes, se ha visto tendida sobre la nieve sin vida. Pero le obedecerá.

Renée camina delante de Mathias y están a punto de llegar a la escalera cuando un grito desgarra el silencio. Es la voz de Micheline, al despertar de una pesadilla. El oficial se incorpora. Mathias y Renée se hallan casi delante de él. Mathias titubea un segundo, hace que Renée dé media vuelta y la empuja al sótano de los civiles. El oficial se pone en pie, amartilla la pistola y se dirige a grandes zancadas hacia la fuente de los gritos. Entra, y al ver a Micheline llorando, en brazos de Sidonie, la encañona y dispara. Se oyen gritos. La niña, sin embargo, no ha sido alcanzada y chilla aún con más fuerzas. Jules se abalanza sobre el oficial. Nueva deflagración. Jules se queda inmóvil con una expresión de asombro. Su hombro está manchado de sangre. El oficial ordena que todo el mundo salga al patio. Los civiles suben por la escalera, bajo los golpes y los gritos de los soldados. Mathias se une a ellos. En pleno zafarrancho, nadie se ha percatado de la presencia del soldado muerto tendido en el sótano. Afuera, ya amanece y el cielo, por primera vez desde hacía días, está límpido. El *Brigadeführer* ordena alinear a los civiles, con las manos en la cabeza. Barre los rostros con una mirada de odio y pregunta:

—¿Dónde está la judía?

Renée se ha escondido detrás de Berthe. El oficial formula de nuevo la pregunta, con el mismo tono monocorde. Werner alza la mano para tomar la palabra.

—Fue uno de los suyos —dice en alemán—, vino con ella... Iba disfrazado de americano...

—Basta —le interrumpe el oficial.

Está muy pálido. Sus labios tiemblan de ira.

—Voy a fusilarlos a todos.

Françoise da dos pasos. Todos los rostros se vuelven hacia ella. Señala a Renée, escondida detrás de Berthe.

—Ahí está la judía —dice con voz aguda.

El oficial se dirige hacia la chiquilla, seguido por un soldado. La mira un instante y acto seguido hace un gesto al soldado que le acompaña, sin dejar de mirar a Renée.

—Ejecútala —ordena.

El soldado se sitúa delante de Renée, de espaldas al oficial, y la apunta con su arma. La niña alza la cabeza y busca su mirada. Eso le dio suerte la última vez que se halló cara a cara frente al que iba a matarla. El rostro de Renée se ilumina.

—¿A qué esperas? —vocifera el oficial a la espalda de Mathias.

Mathias se vuelve sobre sí mismo y dispara. El oficial se queda petrificado, atónito, y se desploma con la frente perforada por una bala. El soldado que se hallaba detrás de él está tan desconcertado que antes de poder apuntar a Mathias ya está en el suelo, con el vientre ensangrentado. Otro SS ametralla a los civiles, pero recibe una cuchillada en el pescuezo y Mathias le arranca en el acto el cuchillo y se lo clava en el abdomen al soldado que acaba de aparecer ante él. Todo sucede a una gran velocidad, en una especie de coreografía que parece muy ensayada, bajo la asombrada mirada de los civiles. Renée logra llegar al patio. Un soldado herido le apunta, pero enseguida cae, con una flecha clavada en el pecho. Otra se clava en la espalda del que está luchando con Mathias. Los civiles se arrojan al suelo o huyen hacia las dependencias y hacia la casa. Mathias cruza el patio y, a su paso, toma a Renée, cobijada detrás de la carcasa del caballo muerto. Las flechas siguen cayendo con precisión sobre los alemanes.

Desde el palomar, Philibert arma su ballesta y dispara con júbilo, tarareando una canción. Cuando decidió marcharse de la granja, justo después de que «Mat, el vaquero solitario que venía de Canadá» fuera desenmascarado, se dijo que sin duda sería más útil fuera que dentro, atrapado entre aquellos americanos extremadamente acalorados. Desde entonces, no había dejado de espiar los movimientos alrededor de la granja y de obtener información acerca de la situación militar. Asistió angustiado a la llegada de los alemanes, pero sin saber qué hacer. Luego se marchó en misión de reconocimiento y se encontró con muchos norteamericanos bien armados, que se dirigían hacia la granja. Y Philibert supo por boca de esos soldados que pronto despegarían los aviones. La guerra quizá estuviera a punto de acabar.

Mathias corre hacia el establo con la niña bajo el brazo, perseguido por un soldado. Philibert arma de nuevo la ballesta y dispara, pero el soldado aún tiene tiempo de disparar a su vez y le da a Mathias, que cae de bruces, arrastrando a Renée en su caída. La chiquilla se incorpora y se vuelve. El alemán se abalanza sobre Mathias, con la flecha clavada en la espalda. Renée echa a correr y llega al establo, desapareciendo de la vista de Philibert.

Los civiles se han guarecido en la casa, salvo Hubert y Werner, refugiados en el horno, y Micheline que yace en el patio con los ojos inmóviles y muy abiertos, en medio de un charco de sangre. Se oye un zumbido en el aire. Jules se acerca a la ventana. Dos o tres aviones aliados surcan el cielo y ametrallan el patio. Unos soldados con uniforme norteamericano aparecen bajo el porche. Los últimos dos soldados de las SS aún en pie se rinden a los recién llegados, con las manos sobre la cabeza.

Mathias se ha desvanecido unos segundos, pero recupera el conocimiento, comprimido por el cuerpo del soldado que aún parece respirar débilmente. Ha sido herido en la zona lumbar y el dolor se extiende por todo el tórax. Reconoce el ruido característico de los Spitfire, los míticos aviones del ejército inglés. Se dice que las tropas a pie no deben de estar muy lejos. Se ve obligado a hacer un inmenso esfuerzo para desplazar el cuerpo pesado y aún caliente del moribundo que tiene encima. Logra salir de debajo del SS, se pone de rodillas, mira hacia el establo y ve a Renée. Se arrastra hacia ella, entran en el establo y Mathias se deja caer contra la pared para recobrar el aliento. A Renée se le llenan los ojos de lágrimas al ver que el costado de Mathias chorrea sangre.

Philibert desciende del palomar sin que los yanquis le vean y va al establo donde ha visto refugiarse a Renée y a

Mathias. Y allí están, efectivamente. El alemán se halla en muy mal estado, sangra como un cerdo, su tez tiene un color cerúleo y sus bonitos ojos azules están tan turbios como el estanque de los Suicidas. A petición de Mathias, Philibert se apresura a ensillar a Salomon, pero se pregunta cómo el tío va a ser capaz de sostenerse encima. La chiquilla llora, con su manita en la del soldado. Le toca la herida y justo después se enjuga los ojos. Al verla tiznada de sangre, le dirige una sonrisa, pero es obvio que le resulta difícil mantener los ojos abiertos. Está sudando abundantemente. Sin duda ya le está subiendo la fiebre.

Philibert toma un cubo de un rincón y lo llena de agua de la bomba detrás del establo. Mathias bebe grandes tragos que parecen devolverle unas pocas fuerzas. Philibert se quita la camisa, la rasga y le venda la cadera a Mathias apretando con fuerza, con la esperanza de contener la hemorragia. Luego ayuda a Mathias a ponerse en pie y a montar a caballo. Instala a Renée entre sus piernas. Salen del establo por la puerta trasera, que da al campo. Mathias cabecea a lomos de Salomon. El improvisado vendaje ya está empapado de sangre. Sin embargo, se incorpora y espolea al animal, que se pone al trote.

Renée siente el viento en su cara a medida que el caballo gana velocidad. Ahora galopa y el cuerpo de Mathias detrás de ella parece estar bajo control. La pequeña se agarra con fuerza a la crin, y está bien sujeta por los poderosos muslos alrededor de sus piernas y por el torso erguido contra su espalda. Cabalgan, sobrevolados por un avión, que pierde altitud y hace un bucle sobre ellos, como para verlos más de cerca. Renée sabe que Mathias se está muriendo; ve la sangre gotear sobre el pelaje rojizo de Salomon. Oye la respiración cada vez más dificultosa sobre su cabeza. Una mano de Mathias suelta un instante las riendas y rodea a la chiquilla con un gesto que pretende ser tranquilizador. Al llegar al límite del campo, se dirigen hacia el bosque. Salomon ralentiza el paso. El cuerpo de Mathias se vuelve más duro y su cabeza cae sobre la de Renée. La niña se vuelve, le llama y le obliga a alzar el mentón. Mathias se recupera, esboza una sonrisa y se sume de nuevo en una semiinconsciencia. Se adentran en el bosque, al paso indolente del caballo de tiro.

Mathias logró guiar a Salomon hasta la cabaña de Jules y, una vez frente a la puerta, se dejó caer del caballo y entró en coma. Estaba chorreando de sudor y sufría escalofríos. Renée intentó despertarle llamándole por su nombre y aplicándole nieve sobre el rostro, en vano. Alrededor de ellos reinaba un silencio absoluto, sin disparos, ni motores ni otros ruidos propios de la guerra, solo el llanto de la niña que se intensificaba ante el rostro de Mathias que no reaccionaba. Sobre ellos, el cielo era de un azul puro y frío, y Renée permaneció un buen rato contemplando aquella brecha de luz y colores nuevos. Zarandeaba el cuerpo de Mathias, llamándole por su nombre. Finalmente, desesperada, le dio una bofetada. Mathias despertó y se arrastró hasta el viejo colchón frente a la chimenea. La niña encendió el fuego y le cubrió el torso con su pequeño abrigo. Fue a por agua a la fuente e intentó darle de beber. Sin embargo, estaba completamente inconsciente y su cabeza era demasiado pesada entre las manos de Renée. Mathias la dejaba poco a poco.

Pensó en regresar a la granja en busca de ayuda a lomos de Salomon, que sabría encontrar el camino, pero temió que la muerte aprovechara su ausencia para ir en busca de Mathias. Así que permaneció a su lado, enjugándole la frente y el cuello con un paño húmedo. Le hablaba y le pedía que se quedara con ella. Empezó a murmurar en alemán. De su pecho brotaba un extraño estertor. Mathias abrió los ojos un breve instante, pero ya no la veía.

Dos horas más tarde, llegó Philibert. Le limpió la herida a Mathias y le hizo un vendaje con paños limpios. La hemorragia había cesado, pero Mathias seguía inconsciente y ardía de fiebre. Philibert fue a buscar a Ginette. La curandera logró extraer la bala del cuerpo del alemán y le veló durante cuatro días y cuatro noches, con un frío terrible a pesar del fuego que Philibert alimentaba constantemente. La vieja estaba subyugada por la extraordinaria constitución de Mathias, por la salvaje voluntad de vivir que habitaba cada fibra de su cuerpo y de su mente, y le hacía luchar más allá de lo que era humanamente posible. Para un tipo que parecía despreciar con intensidad la existencia, estaba excepcionalmente dotado para la vida.

17

La batalla de las Ardenas llegó a su fin el 24 de enero, después de la toma de Saint Vith por los aliados. Hubo aún importantes movimientos de tropas y, durante la gran ofensiva hacia Houffalize y Saint Vith, la granja albergó por tercera vez a soldados norteamericanos. Mathias fue capaz de levantarse y de volver a caminar hacia finales de enero. Jules y Philibert acondicionaron la cabaña con algunos muebles y una cama que llevaron allí, y se convino que Mathias se escondería allí hasta que se encontrara en condiciones de hacer lo que deseara. A aquellos que fueron testigos de los hechos acaecidos alrededor de Navidad se les dijo que Mathias había muerto. Solo los miembros de la familia Paquet, Philibert y Ginette estaban al corriente de la presencia del alemán en el bosque. Renée se fue a vivir a la granja. Podía visitar a Mathias y pasar unas horas en su compañía. Philibert la acompañaba y la iba a buscar.

Los momentos con la niña no eran como Mathias había previsto. La presencia de Renée le provocaba un inenarrable desasosiego, a pesar de que había esperado encontrarse a solas con ella y había imaginado unos momentos de intimidad parecidos a los que habían compartido en la cabaña; unos momentos de gracia suspendidos, tan perfectos e intensos que parecían soñados. Mathias se daba cuenta ahora de que le era imposible revivir de nuevo aquello. La urgencia y cierta despreocupación en medio del bosque y en pleno invierno habían permitido aquel milagroso paréntesis. Ahora debía pensar en el futuro, y proyectarse en ese futuro con Renée excedía sus posibilidades. Dudaba de su capacidad para ofrecerle a la chiquilla lo que esta esperaba de él. Mathias seguía siendo un ser asocial, profundamente desengañado, convencido de la vanidad de la existencia en general y de la suya en particular.

Renée percibía claramente lo embarazoso de la situación; Mathias evitaba tanto como le era posible el contacto físico, hablaba poco y a veces se volvía si ella le miraba. Cuando ella le dejaba al anochecer se sentía aliviado, pero se sorprendía luego al esperar con una impaciencia febril la siguiente visita de la chiquilla. Y al cabo de unos minutos de que Renée se hallara a su lado, hubiera deseado verla marcharse.

Era tan desdichado que pensó en huir, dejar la cabaña sin despedirse siquiera. Se preparaba para marcharse por la mañana, pero al llegar la tarde seguía allí, fumando, con la mirada extraviada. Mathias no podía vivir con Renée, pero tampoco se decidía a vivir sin ella.

La niña había comprendido la razón de su tormento y se preparaba para afrontar los acontecimientos que podía adivinar mejor que él mismo. Espació sus visitas y finalmente decidió no volver a visitarle. Sabía que eso era lo que él quería. Y que era lo que había que hacer. En la granja se sorprendieron pero, en el fondo, no estaban disgustados. El alemán pronto se marcharía y la chiquilla recuperaría a su familia. Esa pareja no tenía razón de ser, no era apropiada, decía Berthe. Las cosas debían volver al orden.

Jules y Mathias se hallan cara a cara en la cabaña, frente al fuego. El granjero piensa que ha llegado el momento de localizar a los padres de Renée. Mathias no responde y simplemente observa a Jules con una mirada dura e impenetrable. Jules ha decidido que, en cuanto acabe la guerra, hará averiguaciones en Bruselas.

El buen hombre habla de ello como si esas personas se hubieran marchado a un balneario a tomar las aguas. Sin embargo, hay muy pocas posibilidades de que sigan con vida. Mathias se cuida mucho de decírselo; no le apetece en absoluto describir las condiciones de vida en los campos. Así que localizar a los padres de Renée… Renée, por su parte, ya no espera nada. Mathias lo sabe. Hace mucho tiempo que ha dejado de esperar. Mathias se pregunta a menudo cuál sería su reacción si, milagrosamente, le anunciaran que su padre, una tía o un hermano habían sobrevivido. Probablemente se sentiría feliz, pero desconcertada, como cualquier criatura. Tal vez demasiado azorada para ser feliz... La experiencia de Mathias en cuestiones de niños era demasiado escasa como para que pudiera hacerse una idea al respecto.

Jules había prohibido a Jeanne que se viera con Mathias, pero la muchacha le desobedecía. Abandonaba la granja al caer la noche y se deslizaba de nuevo en su cama al amanecer. Mathias se aprovechaba plenamente de la situación. ¿Por qué debería privarse de los encantos de Jeanne, de aquella manera suya de abandonarse y que tenía el poder de provocarle el olvido? Estaba locamente enamorada, pero en cuanto él se marchara se recuperaría. No era una de esas chicas que se dejan morir de hambre o se arrojan desde un puente. Y además, siempre le traía comida, y de la buena, en esa época en que las alacenas ya empezaban a llenarse y poco a poco se recuperaba el sabor de las cosas.

Las horas pasan lentamente. Mathias se harta de la caza, de encender el fuego, e incluso del cuerpo de Jeanne, de su pasión intempestiva; se tira de los pelos. Necesita aire, salir al aire libre, desea recuperar la áspera soledad y la vida salvaje del Norte. Quiere perderse en las inmensidades heladas. Tiene un sueño recurrente en el que se le aparece el Rupert, el impetuoso río Rupert, su preferido entre todos, y que a punto estuvo de cobrarse su vida. Es la frontera natural más allá de la cual el mundo cambia radicalmente y se decanta hacia algo primordial y muy antiguo, un universo que eternamente se le escaparía de las manos a Mathias y que por esa misma razón nunca dejaría de atraerle.

La guerra, sin embargo, se eterniza. ¿Qué puede esperar el Bigotudo, atrapado por la pinza formada por los rusos y los aliados, con su ejército exangüe, y su pueblo y su país en ruinas? Incluso a los fanáticos más tenaces debe de empezar a parecerles demasiado larga. Ya solo Goebbels y su esposa histérica deben de explicarse aún, por la noche, en su búnker subterráneo, las historias de Superario, el héroe solitario, amo y señor de un mundo poblado por otros superarios, todos idénticos y de una radiante «rubieza» física y espiritual. Superario, sin embargo, no ha surgido de un misterioso continente desaparecido para salvar a Alemania de la catástrofe. A pesar de que han sacrificado pueblos enteros en su nombre... A menos que la única finalidad de toda esa mierda nazi haya sido siempre su propia destrucción. ¿Acaso el Bigotudo no le pidió a Albert Speer que erigiera monumentos que una vez en ruinas fueran aún bellos?

El 8 de mayo, Alemania capitula finalmente. Mathias puede oír las melodías de los bailes populares extendiéndose a través de los campos, los ecos de los gritos de alegría y de las canciones procedentes de la granja de los Paquet, llevados por el viento. ¡Alegraos, buena gente, y dormid tranquilos! Hasta la próxima vez.

Hace semanas que Renée no ha vuelto. Mathias pensaba que los Paquet se lo prohibían, pero no era el caso. Se ha quedado desconcertado cuando Jules le ha anunciado que es ella quien ha tomado la decisión. Al percibir la desazón de Mathias, ha sabido exactamente qué hacer, como siempre. Ha adoptado la actitud conveniente, la que él esperaba sin atreverse a confesarlo.

Oye el roce de la hojarasca y se pone en pie de golpe, pero es Philibert, solo, que trae una cesta de provisiones. La buena de Berthe debía de haberse avergonzado de darse una comilona y estar de celebración mientras el alemán, solo en su choza, no tenía qué llevarse a la boca. Mathias la imagina diciendo, con sus aires de superioridad: «La guerra ha terminado para todo el mundo». La mujer siente la necesidad de justificarse con un gesto de generosidad hacia «el enemigo». Porque para ella, eso es lo que siempre será Mathias. Hizo un aparte con Philibert y le confió la cesta, recomendándole que no se demorara mucho con el lobo feroz.

Philibert llama dos veces a la puerta entreabierta. A Mathias le apetecería adoptar una voz grave y decirle que tirara de la aldaba, como el lobo a Caperucita. El muchacho entra en la choza con una sonrisa apurada, como siempre. El alemán le impresiona mucho y le da un poco de miedo. Philibert desempaqueta la comida, con unas muecas desconcertantes a las que Mathias no alcanza a acostumbrarse. Hay tortas, jamón, pan, mantequilla e incluso una botella de vino tinto. Mathias empieza a comer; es cierto que últimamente ha estado un poco a dieta. Jeanne ya no le trae gran cosa cuando acude a verle. Parece que en la granja le tienen olvidado.

Es por la tarde. Jules se halla sentado a la mesa, frente a Mathias. Delante del granjero hay un pequeño cuaderno abierto, con las páginas llenas de notas que ha garabateado apresuradamente. A Jules le resulta difícil hablar; abre varias veces la boca, pero cambia de opinión. Al fin se lanza:

—La chiquilla ya no tiene a nadie. Sus padres fueron deportados... a Aus... Auch...

—Auschwitz —le interrumpe Mathias.

Jules alza unos ojos llenos de sorpresa y de espanto, que topan con la mirada helada del alemán. Jules traga saliva y vuelve a sumergirse en su cuaderno.

—Eso es... —prosigue—. Se marcharon en enero de 1943 con el convoy... diecinueve. Aún no ha regresado nadie de ese convoy.

De nuevo, Jules mira a Mathias, buscando una señal de un pensamiento, de una emoción en su rostro pálido, impasible. Jules continúa; su voz tiembla ligeramente:

—Sus padres llegaron de Alemania en 1939...

Mathias sabe todo eso, y desde el primer momento ha sospechado lo que Jules le anuncia. Las historias de deportados apenas empiezan a extenderse por el mundo, y casi todas serán parecidas, de una insondable tristeza pero, finalmente, de una gran banalidad. Jules suspira y cierra el cuaderno.

—Está todo anotado ahí —dice, empujando el cuaderno hacia Mathias—. En Bruselas me han pedido si podía quedármela aún un tiempo. Hay unos hogares que acogen a las criaturas como ella, pero están desbordados...

—No necesito el cuaderno —le interrumpe Mathias.

Jules le mira muy serio.

—De todas formas, te lo dejo.

Jules saca un sobre de su bolsillo.

—Y aquí están tus papeles —declara, depositando el sobre encima de la mesa—. Bueno..., pues iré a cuidar de los animales, ya va siendo hora...

Mathias simplemente asiente con la cabeza. Jules se pone en pie, indeciso, y se dirige a la puerta. Se vuelve.

—Jeanne fue al cine, en Lieja... Y en las noticias mostraron... la liberación de los campos...

Ah. Por fin. Eso explicaba por qué Jeanne no había movido el culo de su casa últimamente. El granjero pregunta si Mathias sabe lo que le hacían allí a la gente. Sí, lo sabe. ¿Participó en ello? Sí y no. Mathias había enviado a mucha gente a los campos, indirectamente, pero no había trabajado allí.

—Bueno —concluye Jules.

No había, en efecto, nada que añadir. Mathias estaba desolado por Jeanne. Lo que la muchacha había descubierto era muy gordo. Al mundo entero le llevaría mucho tiempo recuperarse de esa pesadilla. De momento, sin embargo, había que intentar vivir.

Jules salió. Mathias atizó el fuego. Así que Renée había perdido a toda su familia. Se quedaría en casa de los Paquet hasta que tuviera plaza en uno de esos hogares para huérfanos judíos. Se reuniría con decenas de chavales traumatizados. Todos juntos cantarían, probablemente en hebreo, harían macramé y pelarían patatas. Bueno… Mathias arrojó un tronco al fuego y encendió un cigarrillo. No, eso no podía ser, de ninguna manera. No era eso lo que imaginaba para Renée y, sobre todo, no era lo que ella quería. ¿Esperaba la niña que Mathias se la llevara con él y la criara como a una hija? No estaba en absoluto dispuesto a ser padre. No lo sería nunca.

Se sentó a la mesa y abrió el sobre que contenía la documentación falsa. Ahora se llamaba Mathias Grünbach, natural de Raeren, en Bélgica. Una nueva historia y un nuevo pasado que reinventar. Acababa liándose él mismo en ese jaleo de identidades que arrastraba consigo como uno se lleva de vacaciones a unos primos lejanos pesados.

Desde que despertó del coma unos meses atrás, a veces confunde sus numerosas vidas y mezcla elementos de la realidad con otros de la ficción. Pero ¿acaso tiene la menor importancia esa distinción cuando la mentira ha sido dueña y señora de una vida? Sus años de juerga en el Berlín de antes de la guerra no le parecen ahora más reales, más «verdaderos», que todas las experiencias imaginadas, los personajes encarnados durante una noche o unos meses. Se puso en pie y se aproximó a la ventana. Su reflejo le hizo reír para sus adentros. Le había crecido el cabello y casi había desaparecido el tinte moreno con el que lo cubría en sus últimas misiones. Su color natural, un castaño medio un poco cobrizo, le daba a Mathias un aspecto de monaguillo. Con su aspecto actual, sin duda el yanqui no le hubiera desenmascarado. Y tal vez seguiría con vida. Menuda estupidez. Exhaló el humo del cigarrillo y su imagen se enturbió.

Tomó el cuaderno en el que Jules había anotado la información relativa a Renée y vaciló antes de abrirlo. Todo aquello ya no le concernía. Renée tenía una vida por delante y él la suya. Mathias le dio vueltas y más vueltas al cuaderno, nervioso, lo tendió hacia las llamas, se contuvo, y lo dejó sobre la mesa. Finalmente lo abrió y hojeó las páginas. Sus ojos se detuvieron en una palabra. Rebeca. Jules había escrito el nombre con una sola «c». Mathias cerró el cuaderno. Al cabo de una semana se marcharía, estaba decidido.

Es un día gris y frío. Una ligera bruma envuelve las cosas y difumina sus contornos. Parece un día de invierno, a pesar de la abundante vegetación. Renée está sentada a la mesa, frente a Mathias. Están comiendo el pastel que ella ha traído. Philibert ha llevado a la chiquilla y la recogerá al cabo de un par de horas. Mathias ha pedido verla y Renée se ha puesto su vestido nuevo rojo. Masca en silencio, un poco enfurruñado.

—Ya podrías decir que está rico —dice la niña.

Mathias sonríe.

—Está rico.

Renée ha cambiado. Ha crecido. Y hay algo nuevo en su expresión que Mathias no alcanza a definir. Una distancia, una desenvoltura que le desarman y le intrigan. Los cabellos de Renée le llegan ahora a media espalda. Es una cascada de olas negras un poco azuladas, que se escapan de una cinta de terciopelo rojo detrás de la cabeza. Está muy erguida, con el mentón alto. Le contempla comer, con una pizca de ironía un poco sombría, con esa mirada intensa y esa tensión de todo su ser hacia él. Está sorprendido.

—¿No te has aburrido, aquí solo? —pregunta la chiquilla.

—No —responde Mathias.

Renée sabe que miente. Sabe también que se dispone a

marcharse. Sin ella. Que quería verla para decírselo. Ella ha esperado semanas a que se manifestara. Solo pensaba en él, a todas horas, a cada minuto. Y por fin una noche, cenando, se sorprendió al constatar que Mathias ni siquiera se le había pasado por la cabeza en todo el día. Había vivido cada momento plenamente, simplemente, como antes. Renée se había preparado para la marcha de Mathias. Sin embargo, al tomar la decisión de interrumpir sus visitas, sentía confusamente que había seguido tejiendo el lazo que la ataba a él. La niña presiente que la ausencia puede reavivar los sentimientos, ahondar la separación. Observa a Mathias comiendo pastel. Le ha echado de menos.

A Renée también le parece que él ha cambiado. Sus ojos han perdido parte de su brillo, tiene las comisuras de los labios caídas y le provocan una mueca de chiquillo contrariado. Ha engordado y se mueve con menos agilidad. Le hace pensar en la foto que vio en una revista en casa de los Paquet, una foto tomada en un zoo, donde se veía a un tigre tumbado dócilmente en una jaula apenas suficiente para él, admirando con sus magníficos ojos al fotógrafo. Renée se levanta de su silla y apoya una mano sobre el hombro de Mathias.

—Todo irá bien —dice—. ¿Cuándo te marchas?

Se le atraganta un bocado del pastel y tose. La niña le palmea la espalda. Bebe un trago de agua. Renée ha decidido facilitarle la labor. No quiere que esos últimos momentos a su lado se vean lastrados por lo que él desea y no logra decirle. Responde, sin mirarla:

—Dentro de dos o tres días.

Renée y Mathias caminan por el sendero. Aún tienen tiempo de dar un paseo. Philibert no llegará hasta al cabo de una hora. Renée se halla delante de Mathias. Se detiene y se agacha para coger una flor. Mathias retrocede bruscamente a aquella mañana de diciembre, en el silencio acolchado por el frío, en la que resuenan por momentos una detonación o el graznido de una corneja. Apunta a Renée. Ella le da la espalda. Y de repente se vuelve y le mira. Mathias se queda petrificado, incapaz de disparar. Su cuerpo está paralizado pero, en su interior, titubea, y resbala, presa de una sensación de caída vertiginosa acompañada de un súbito sobresalto, como cuando uno sueña que cae y se despierta justo antes de estrellarse. Al volver junto a la niña, esta sigue mirándolo con sus ojos negros y brillantes como la laca, ardientes y serios. Casi alcanza a sentir físicamente el ritmo de la sangre bombeada por el corazón de la chiquilla fluyendo por sus venas, sus músculos, irrigando sus labios rojos de los que se escapa su aliento inmediatamente materializado por el aire helado. Algo inefable emana de ella, una extraordinaria e impetuosa presencia. Ella es la vida y le mira como si le reconociera, como si le esperara.

No fue él quien eligió no matarla. Fue ella quien lo decidió. En ese instante pertenece por entero a esa chiquilla judía, con su viejo gabán apolillado y sus botines agujereados, su mirada salvaje y su porte de reina. Mathias no tuvo impulso alguno de bondad o compasión. Hubiera asesinado sin compasión a cualquier otra criatura. Ese gesto no le salva de nada, no le limpia de ninguna manera. Y, sin embargo, le ha transformado irreversiblemente.

Epílogo

El *Arcadia* navega desde hace una semana rumbo a Halifax. El tiempo es gris y el mar está agitado. David Jones, el segundo de a bordo, fuma en el puente de popa; es un galés de unos cincuenta años, fuerte y jovial. A veces consigue intercambiar unas palabras con el belga, uno de los pocos pasajeros del barco mercante. Los países del otro lado del Atlántico aún no han abierto de nuevo sus puertas a los inmigrantes. ¿Cómo ha podido ese belga convencer al capitán para admitirlo a bordo? Misterio... Ese tipo regresa a una región lejana y helada de la bahía James. Por lo que dice, fue trampero allí antes de la guerra. No sería extraño. Habla bien inglés, además de francés. Es un tipo curioso, que siempre parece que esté a años luz de ti y, a la vez, dentro de tu propia cabeza, sabiendo mejor que tú mismo lo que estás pensando.

Esa mañana, el belga no está de buen humor. Cuando tu presencia le molesta, le basta con clavarte la mirada de sus ojos muy claros para que te marches a la otra punta del barco con la piel de gallina. David no ha llegado tan lejos; se halla junto a la puerta que da acceso al puente. Observa a ese hombre que también fuma, apoyado en la borda. La puerta se abre con un chirrido. El hombre se vuelve. Su rostro resplandece. El segundo de a bordo se halla justo detrás del batiente, así que no puede ver quién llega, pero apostaría veinte libras a que se trata de la chiquilla. Solo ella logra arrancarle esa sonrisa al belga. En efecto, una vez se cierra la puerta, David ve la silueta menuda de espaldas, altiva, con su cabellera azabache repentinamente agitada por el viento. El belga no es su padre, como pretende. Eso dicen los papeles, pero no es verdad. El segundo pondría su mano al fuego. La tripulación se mantiene a distancia de ellos, pero a David, al igual que al capitán, su compañía le resulta agradable, cuando toleran la suya. David ignora qué son uno respecto al otro. No se parecen, pero tienen algo en común, una especie de vibración animal, una energía feroz que no se encuentra a menudo. Un día en que David le preguntó al belga cómo la chiquilla y él habían sobrellevado la guerra, le respondió:

—¿Y qué más da? Hoy aún estamos vivos.